Der Traum von der Zelle

Ein utopischer Roman von

Karl-Heinz Haselmeyer

Der Traum von der Zelle

Wieder ein neuer Morgen, jeden Tag die gleiche Prozedur im Bad, sogar das Frühstück wiederholt sich Tag für Tag. Nun stehe ich vor der Glasfront dieses erlesen eingerichteten Wohnzimmers und starre schon eine viertel Stunde auf die zugegeben herrliche Landschaft. Dort wo sich der Fjord öffnet, kann ich das Meer sehen. Hier hoch im Norden sieht das Meer normal aus, vom Anstieg des Meeresspiegels ist nichts zu merken. Seit der Golfstrom abgerissen ist, wüten weiter südlich häufig heftige Orkane, soweit nach Norden scheinen sie nicht zu kommen. Um einen Aufenthalt in diesem schönen und einsamen Haus auf der Klippe würden mich viele beneiden, die in übervölkerten Städten dem Broterwerb nachgehen müssen, aber in mir ist Leere. Ich habe aufgehört diese Ruhe zu genießen, allein ohne meine Frau bin ich ein halber Menschen. Was fange ich nun mit meiner Zeit an? Zum Lesen habe ich keine Lust und zum Schreiben keine Einfälle.

Bald kommt die Haushaltshilfe. Dann hat sie den Einkauf schon erledigt, ohne eine Geste, ohne ein Wort oder ein Lächeln wird sie putzen und mir dann ein vorzügliches Mittagessen bereiten. Sie ist in Hypnose auf die beste Verrichtung ihrer Arbeit eingestellt, erst wenn sie in ihrem Zuhause ist, fällt das Arbeitsprogramm von ihr ab. Dann ist sie ein lebendiger Mensch und hat keinerlei Erinnerung an ihren Job. Was habe ich mit meiner Forschung angerichtet, ist das ein Fortschritt? Ich glaube, mir wäre eine Haushaltshilfe mit vielen Fehlern und damit verbundenen Schwierigkeiten lieber. Ich verdrücke mich lieber in mein Arbeitszimmer, doch ich weiß, auch dort erwartet mich nur Leere.

Nun denke ich wieder an den Traum. Ich träume selten, aber das Traumgeschehen der vergangenen Nacht steht mir noch ganz deutlich vor Augen. Ich sollte ihn aufschreiben, der Traum beunruhigt mich und lässt mich nicht los.

Ich saß auf einem Stuhl hinter einem großen Tisch, mir waren die Hände auf den Rücken gefesselt. Hinter dem Tisch saßen vermummte Gestalten. Sie boten mir an, eine Forschungsstation mit ausgezeichneter Ausstattung zu übernehmen. Meine gesamten Unterlagen stünden mir zur Verfügung und ich erhielte alle denkbaren Privilegien. Die Bedingung wäre die Preisgabe der Verschlüsselung meiner Aufzeichnungen. Als ich das rigoros ablehnte, wurde der Ton schneidender und man machte mir klar, dass ich mich in auswegloser Lage befände und ich meine Situation nur verschlechtere. Ich könne mir das Angebot in Ruhe überlegen. Daraufhin brachte man mich in einen sehr kargen Raum. Er war kaum größer als 4 Quadratmeter mit glatten grünen Wänden und einer grünen Decke in ca. 2 Metern Höhe. Die Zelle war gänzlich leer, es gab weder eine Tür noch ein Fenster. Ich wusste nicht, wie ich ohne Tür in diese Zelle hineingekommen war und niemand nahm Kontakt zu mir auf. Ich vermutete, dass meine Entführer damit rechnen, ich würde in absehbarer Zeit unter diesen Umständen zusammenbrechen und freiwillig den Verschlüsselungscode für meine Unterlagen preisgeben. Ich ahnte, dass ein Mensch dieses ewige Licht in diesem kleinen kargen Raum nicht lange aushält. Ich versuchte verzweifelt mich durch Erzählungen abzulenken und hielt einem unsichtbaren Publikum eine Vorlesung. Meine Stimme hallte und ein Echo schien von weit her zu kommen. Dann saß ich plötzlich meinem Sohn gegenüber, der mich traurig ansah und sagte, es wäre sowieso alles vergeblich, ich wäre ein Pflegefall. In dem unsichtbaren Publikum erhob sich Lärm und alles brüllte: „Sucht euch alternative Fakten, nieder mit der beschissenen Wirklichkeit. Betet! Tut Buße! Von dem Getöse in meinen Ohren wachte ich schweißüberströmt auf. Einen Moment wusste ich nicht, wo ich war.

Träume geben Erlebtes in verschlüsselter Form wieder. Ich bin unzufrieden, was mit den Ergebnissen meiner Forschung gemacht wird. Als ich die Lenkbarkeit von Hirnarealen mittels elektro-magnetischer Strahlen entdeckte und es mir gelang, zeitweise alle Schmerzempfindungen abzuschalten, war ich begeistert, denn nun konnte man operieren, ohne den schädlichen Einfluss von Narkosemitteln. Schnell wurde aber diese Erfindung dazu genutzt, um eine tiefe Hypnose auszulösen und Menschen in dieser Hypnose zu manipulieren. Diese Technik findet nun mannigfaltige Verwendung und lässt sich nicht wieder aus unserem Leben verbannen. Diese Entwicklung bedrückte mich und ich zog mich zur Erholung in diese Einöde über dem Fjord zurück und finde mich hier nun eingesperrt und einsam. Täglich lebe ich den abendlichen Telefongesprächen mit meiner geliebten Frau entgegen, die ich hier so sehr vermisse. Wir sind so sehr zusammengewachsen, dass ich nun nur ein halber Menschen bin. Anscheinend vermisse ich auch meine Verpflichtungen in der Lehre, die ein wichtiger Teil meines Lebens sind. Dann kam in dem Traum auch noch die Sorge um unseren einzigen Sohn durch. Bei unserer letzten Begegnung, kurz vor meiner Abfahrt nach Norwegen gab es hässlichen Streit. Ich wurde zornig und habe ihn wohl sehr verletzt. Aber er kann doch nicht mit seinen 29 Lebensjahren - sein Studium hat er schon vor Jahren abgebrochen - nur unverbindlich von meinem Geld in der Welt umher bummeln. Es geht nicht um das Geld, ich habe mehr als genug, es geht darum, dass er ohne jede Verantwortung keinerlei Verpflichtungen eingeht. Im Streit habe ich ihm vorgeworfen, dass wohl seine Zukunft darauf gerichtet wäre von dem Erbe seiner Eltern, wenn es einmal so weit wäre, dieses faule Leben weiterzuführen. Ich hätte das nicht sagen sollen, er wurde blass und ist, ohne sich zu verabschieden, abgereist. Der Schluss meines Traumes spiegelt wohl mein Unbehagen, dass in der Gesellschaft Mystik und Aberglaube immer mehr um sich greifen und die Wissenschaft in der Breite die richtungsgebende, leitende Rolle zu verlieren scheint. Dazu kommt nun auch noch die verantwortungslose Geldmacherei mit meiner Erfindung. Ich frage mich schon lange, wohin geht die menschliche Gesellschaft.

Nach diesen etwas trüben Gedanken muss ich an die frische Luft. Leider kann man in dieser verlassenen Gegend nicht so gut spazieren gehen, es fehlen Wege. Dafür ist die Aussicht umso schöner. Allein in dieser herrlichen Kulisse fühle ich mich umso kleiner. Ich habe das Gefühl der Unwirklichkeit und ich denke, das alles gibt es so nicht, es ist nur meine Welt, so wie ich sie sehe. Der Eindruck vom Raum und die Farben, alles entsteht erst in meinem Kopf, die Natur hat keine Farben. Der Stein unter mir, auf dem ich sitze, ist hart und drückt mein Gesäß. Genau genommen berühre ich den Stein nicht, die Abstoßung in sehr kleinen Entfernungen lässt mich Bruchteile von Nanometern über ihm schweben. Und wenn man diese harte Struktur vergrößert und in den Stein hineinschaut, findet man erst ein Geflecht von

Molekülen, die vergrößert aus Atomen bestehen, und wenn man eines der Atome betrachtet und nochmals stark vergrößert, bis der Kern des Atoms so groß wie ein Apfel ist, dann bilden die Außenbahnen der Elektronen eine Kugel, größer als der Petersdom und zwischen Kern und den Elektronen ist nichts, überhaupt nichts. Also ist fast alles leerer Raum und alles müsste mit Leichtigkeit zu durchdringen sein. Ist es aber nicht und mein Po drückt mich, ich muss aufstehen. Mein dümmster Gedanke heute ist: Ein Nicht gibt es nicht, ebenso wie Unendlichkeit. Ich sollte lieber diese Naturschönheit genießen, statt dumme Gedanken in die Weite zu schicken. Leider sind es noch über zwei Stunden, bis ich die Stimme meiner geliebten Frau am Telefon hören werde, ich gehe heim und lese noch ein wenig.

Heute sehe ich nach dem Frühstück meine elektronische Post durch, das meiste kann ich gleich löschen. Dazwischen sind immer wieder Anfragen, wie fokussiert die Strahlung sein muss, um bestimmte Nervenzellen zu erreichen. Das Missverständnis liegt in der Annahme, dass ein Gehirn kleinräumig arbeitet. Es arbeitet aber eher so wie ein großer Vogelschwarm. Den besten Eindruck gibt die große Wolke eines pulsierenden Schwarms von Staren, die sich wie ein Gesamtorganismus durch die Lüfte bewegen. Man kann von dieser Wolke einen Teil abschnüren und abgetrennt koordiniert weiterarbeiten lassen. Genau das mache ich mit der Hypnosestrahlung. Ich schnüre den Teil, der Bewusstsein erzeugt, ab und lasse ihn getrennt von der Erregung des Gesamtsystems weiterarbeiten. Das ist ein Zustand, der sich selbst so lange erhält, bis die Erregungsleitung wieder zusammengeführt wird. Für mich ist eine andere Frage problematisch. Wo bleibt bei diesem Vorgang die Persönlichkeit? Tötet man mit dieser Methode eine Persönlichkeit auf Zeit? Behandelte Personen machen in diesem Zustand den Eindruck von Automaten und sind nicht ansprechbar, können aber komplizierte Verrichtungen ausüben. Sie reagieren auf die Umwelt, nehmen sie aber nicht wahr. Die Umwelt entsteht für uns durch die Wahrnehmung. So ist für Menschen unter der Wirkung von Hypnosestrahlung die Erfahrungswelt und ihre Persönlichkeit, ihr „Ich“, nicht vorhanden. Ich wollte nur operative Eingriffe von der Anwendung von Narkosemitteln mit deren schädlichen

Wirkungen befreien und sehe mich nun Weiterungen gegenüber, die ich nie gewollt habe.

Daraus entspringen wohl mein Unbehagen und das Gefühl der Leere, die mich in diesem kleinen Paradis gefangen halten. Nun ist schon gleich Mittag und ich muss meine Abneigung gegenüber dieser unschuldigen Haushaltshilfe unterdrücken, die mir die Mahlzeit serviert. Mein Trost ist, sie merkt es ja nicht, was für ein Frostgefühl sie in mir auslöst. Nach dieser Sommerfrische werde ich öffentlich gegen den ausufernden Gebrauch meiner Technik Stellung beziehen und auf die Gefahren für eine freie Gesellschaft aufmerksam machen.

Das Essen war köstlich, nun kommt sie und räumt den Tisch ab, aber so, als wäre ich nicht vorhanden. Ich weiß ja, dass sie nicht reagiert, sagte aber trotzdem: „Ich bewundere Ihre Kochkunst und habe es sehr genossen." Nicht die kleinste Reaktion ist zu erkennen. Ein leises Klappern vom Geschirr, das sie in die Spülmaschine einräumt, dann wird sie das Haus verlassen. Ich halte noch Mittagsruhe im Liegestuhl auf der Terrasse und dann wird es

Zeit mich allmählich auf die kommenden Vorlesungen vorzubereiten.

Ich habe mich kaum hingesetzt, um etwas zu arbeiten, da sehe ich durch das Fenster in der Ferne Rauch. Als ich vor das Haus gehen will, um Ausschau zu halten, klingelt das Telefon. Eine Männerstimme unterrichtet mich in einem schwer verständlichen Englisch von einem Waldbrand, es bestände aber für mich keine Gefahr, die Feuerwehr hätte den Brand unter Kontrolle. Das beendet meinen kaum entfachten Arbeitseifer. Ich nehme mein Fernglas und gehe auf den Balkon den Brand zu beobachten. Aber selbst mit dem Fernglas ist nicht viel zu erkennen, roter Schimmer am Horizont und aufsteigender Qualm, der Brand scheint weit entfernt. Das dumpfe, kaum hörbare Wummern kann ich mir nicht erklären, es kommt wohl aus derselben Richtung. Meine Neugier ist schnell erloschen und ich gehe hinein und ordere konzertante Musik. Die Automatenstimme bittet um nähere Angaben und ich sage missmutig, beliebig und lege mich auf die Coach. Nach ungefähr einer Stunde esse ich etwas zum Abendbrot und vertreibe mir die Zeit bis zum Abendanruf meiner geliebten Frau mit Lesen. Der abendliche Anruf bleibt aus und ich gehe besorgt zu Bett. Mitten in der Nacht reißt mich das Telefon aus dem Schlaf. Es ist die besorgte Stimme meiner Frau, die wissen will, ob ich wohlauf bin. Ich bin verwirrt und stammele: „Was soll denn sein, ich schlafe.“ Dann erzählt mir meine Frau von einem Umsturz in Norwegen und einer gefährlichen undurchsichtigen Lage. Ich hatte keinerlei Nachrichten gehört und lasse mir das wenige, was meine Frau weiß, berichten. Wir fassen den Entschluss, dass ich so schnell wie möglich heimreise. Nach dem Gespräch bestelle ich ein Lufttaxi für den Vormittag und sende der Firma für die Betreuung des Hauses eine Nachricht, dass ich einige Tage früher abreisen werde. Ich schlafe sogar noch zwei Stunden und packe dann meine beiden Koffer. Ich fühle kein Bedauern, dass ich dieses schöne Stückchen Erde vorzeitig verlasse, im Gegenteil, ich fühle freudige Erregung zu meiner Frau und meiner beruflichen Tätigkeit zurückzukehren. Das Lufttaxi kommt gegen 11 Uhr, es landet auf der Wiese gleich hinter dem Haus. Der Pilot hilft das Gepäck zu verstauen. Mit einem letzten Blick auf den Fjord von oben geht es Richtung Süd-West. Wir fliegen über ein fast unbesiedeltes Waldgebiet. Wir sind vielleicht eine halbe Stunde in der Luft, da erhält der Pilot die Nachricht, er solle landen, anderenfalls würde er abgeschossen. Er dreht sich zu mir um und sieht mich fragend an. Ich sage: „Kein Risiko, tun Sie, was verlangt wird.“ Wir werden angewiesen auf einer Brachfläche an einem kleinen Fluss niederzugehen. Wir werden von vier bewaffneten Männern erwartet, die unsere Pässe fordern. Der Mann, der meinen Pass entgegengenommen hat, behält ihn und winkt mir ihm zu folgen. Es ist ein großer vierschrötiger Mann, teils in Zivilkleidung und teils mit Uniform. Ein kleiner Pfad führt in den Wald hinein. Nach ungefähr hundert Schritten stehen wir vor einem Blockhaus. Der Mann schiebt mich in einen Raum, legt meinen Pass auf einen Tisch, spricht kurz mit dem Mann, der hinter dem Tisch sitzt, und verlässt den Raum. Dieser zweite Mann blättert in meinem Pass, dann sagt er in gebrochenem Deutsch: „Nehmen Sie Platz“, und deutet auf den Stuhl, der vor dem Schreibtisch steht. Nach einer Weile schaut er mich mit seinen kleinen Augen scharf an und fragt: „Sie sind Professor Keuker, der Erfinder der Keukerstrahlung?“ Ich sage mit fester Stimme: “Ja, ganz recht, was wollen Sie von mir.“ Mein Gegenüber verzieht seinen Mund zu einem Grinsen: „Sie sind für uns wie ein Lottogewinn, wir können Sie für inhaftierte Patrioten austauschen.“ Dann fährt er fort: „Sie können sich dort auf die Pritsche legen“, und deutet auf eine Liege an der hinteren Wand. „Wenn Sie versuchen zu fliehen“, fügt er noch leise, wie nebenbei, hinzu, „werden Sie erschossen.“ Er schmeißt meinen Pass auf einen Papierhaufen und beachtet mich nicht weiter. „Was ist mit meinem Gepäck?“, frage ich noch. Er blickt auf, schüttelt missbilligend den Kopf und meint: „Das wird wohl zugestellt.“ Da mich der Mann nicht weiter beachtet, gehe ich zu der Liege und lege mich darauf. Gegen Abend bekomme ich eine Dose mit Frühstücksfleisch und eine Packung Knäckebrot. Später kommen noch zwei andere Männer, sie holen Liegen herein und legen sich schlafen.

Morgens gibt es dann die gleiche Kost, aber einen Becher Kaffee. Die anderen Männer verlassen den Raum und derjenige, der mich am Vortag vernommen hat, setzt sich wieder hinter den Schreibtisch. Er führt Gespräche über ein Funkgerät, dann ist Stille im Raum. Ich räuspere mich, und als er aufblickt, frage ich: “ Was geht hier eigentlich vor? Ich verstehe nicht, was das bedeutet.“ Erst denke ich, er beachtet mich nicht, dann sieht er auf und sagt: „Wir kämpfen ums Überleben, Europa flutet unser Land mit Indern und Asiaten, das muss ein Ende haben. Unsere Regierung hat versagt, wir werden sie verjagen und die Grenzen abriegeln. Wir kämpfen mit den Schweden und Isländern, Dänemark hat seine Grenzen schon dicht gemacht. Die verfluchte Nato stützt die Regierung, sie wollen in unserem Lande bestimmen. Die Regierenden sind nur Marionetten. Auch in Deutschland gärt es. Wenn wir hier erst fertig sind, werden wir die deutschen Patrioten unterstützen. Es wird Zeit Landesverräter aufzuhängen.“ Dabei sieht er mich bohrend an, als wolle er in mich hineinblicken, ob ich nicht auch zu den Landesverrätern gehöre. Danach herrscht wieder Schweigen, das ab und zu durch das Sprechfunkgerät unterbrochen wird. Dann kommt der Mann, der mich beim Lufttaxi empfangen hatte, nimmt nach kurzem Gespräch meinen Pass an sich, steckt ihn ein und winkt mir ihm zu folgen. Wir gehen wieder zu der kleinen Lichtung, auf der wir gelandet waren. Dort steht ein Lieferwagen und mir wird gedeutet, dass ich hinten einsteigen soll. Im Laderaum stehen einige Kisten, an der Wand zu der Fahrerkabine sind aufgerollte Kabel gelagert. Als die hintere Tür geschlossen wird, ist es im Inneren stockdunkel. Ich versuche auf einer der Kisten zu sitzen, habe aber Mühe nicht umhergeschleudert zu werden, denn der Lieferwagen fährt sehr rücksichtslos durch unebenes Gelände. Dann merke ich, dass wir auf einer Straße angelangt sind, und ich kann mich etwas entspannen. Es wird eine längere Fahrt, bis ich merkte, dass wir langsam geworden sind und irgendwo einrangieren. Als sich die hintere Tür öffnet, nehmen mich zwei Uniformierte, eine Frau und ein Mann, in Empfang, fassen mich beidseitig am Arm und führen mich zu einer Treppe. Dann geht der Mann voraus und die Frau bleibt hinter mir. Wir kommen in einen kahlen Gang mit künstlichem Licht, der zu beiden Seiten Stahltüren hat. Vor einer der Türen bleiben wir stehen. Die Frau schließt auf und der Mann schiebt mich in eine Gefängniszelle, die Tür wird geschlossen und ich bin allein. Der Raum hat eine Liege, auf der Wolldecken liegen. An der hinteren Wand sind eine Toilettenschüssel und ein Waschbecken. Dann gibt es noch einen dreibeinigen Hocker und ein Brett, das an der Wand befestigt ist. Über der Toilette ist in Mannshöhe ein vergittertes Fenster. Ich versuche ruhig zu bleiben und mich zu sammeln. Draußen wird es dunkel und niemand kümmert sich um mich.

In der Nacht schlafe ich schlecht und habe wirre Träume. Ich befand mich in dem Jahr 3001 der christlichen Zeitrechnung und sah zurück auf dieses verrückte Zeitalter der Jahre von 2020 bis

2050. Ich wusste zwar, dass ich es war, jedoch bestand mein Körper aus einer leistungsfähigen Mechanik und mein Verstand schien schier unermesslich. Ich dachte, die Menschheit hatte also ein weiteres Jahrtausend überlebt, sonst hätte es ein Jahr 3001 nicht geben können. Ich irrte durch eine dunkle Schlucht, mit mehr als einem Dutzend Tastorganen betastete ich die Wände, Dann ein kratzendes Geräusch und ich hatte wieder Kontakt zu der weit zurückliegenden Zeit der Jahrtausendwende, als die Menschheit auf fast 9 Milliarden Individuen angewachsen und ihre Lebensgrundlagen schon ziemlich ruiniert waren. Vor 9 Jahrhunderten bot unser Erdball einen sehr betrüblichen Anblick, stellte ich fest. Das Geflecht der Lebensformen, das die Grundlage irdischen Lebens bildete, war dezimiert. In wenigen Jahren war die Hälfte der Arten ausgestorben, große Landmassen waren verkarstet, die Flüsse und die Meere vergiftet und verschmutzt und die verunreinigte Atmosphäre heizte sich auf. Unwetter und Brände setzten den verunsicherten Menschen zu und die geschrumpften fruchtbaren Gebiete konnten die Menschenmassen nicht mehr ernähren. Junge Menschen begehrten auf, versuchten Druck auf die Verantwortlichen auszuüben, konnten aber bei der ungleichen Verteilung der Ressourcen nicht mehr als ungenügende Zugeständnisse erreichen. Die Macht hatten die wenigen Superreichen, die Wohlhabenden folgten den materiellen Interessen der Superreichen und die überwiegend große Masse der Besitzlosen sah machtlos der drohenden Katastrophe entgegen. Sie waren ausgelaugt von den Kämpfen um Nahrung, um Wasser, um Raum zum Leben und um notwendige Energie. Obwohl täglich tausende Menschen verhungerten und Millionen nicht wussten, wie sie den nächsten Tag überstehen konnten, wurde ein Großteil der irdischen Ressourcen zur Produktion von Vernichtungswaffen benutzt. Dieses Wissen strömte aus den fernen Jahrhunderten wie ein Wasserfall auf mich ein und ich wand mich in ohnmächtiger Verzweiflung. Da öffnete sich ein Strudel und dann sah ich weit entfernt mich selbst mit natürlichem Körper, aber mit einem langen weißen Bart vor dem Pult eines Hörsaals stehen. Es gab kein Publikum, die Bänke waren leer. Ich vernahm meine Stimme mit einem grollenden Ton. „Sie müssen sich Maßstäbe erwerben, nur Maßstäbe erzeugen Wissen.“ Es gab Applaus von den leeren Bänken. Dann stand ich wieder in wundersamer technischer Form in dem anderen Jahrtausend und beobachtete von weitem die Zeit und die Geburtsstunden für manche Technologien, die sich später als Rettungsanker für die sterbende Menschheit erweisen sollten. Ich dachte an die Fortschritte, welche die Wissenschaften in dieser Zeit machten, aber gleichzeitig war mir bewusst, dass Ignoranz, Dummheit, Aberglaube und Brutalität in der Gesellschaft gerade in diesen Jahren unverhältnismäßig zunahmen. Ich holte in meine Erinnerung, dass gewaltbereite Gruppen mit Lügenpropaganda und Desinformationen versuchten die letzten freiheitlichen Staaten, die sich bemühten, das Unheil aufzuhalten, zu destabilisieren. Da der Lebensraum durch Dürre und steigendem Meeresspiegel immer kleiner geworden war, steigerte sich Gruppendenken zur Intoleranz gegenüber hilfesuchenden Klimaflüchtlingen und entlud sich in Gewaltausbrüchen. Militär riegelte die Grenzen ab und begegnete der anwachsenden Flüchtlingsflut mit Waffengewalt. Die vielen Flüchtlinge, denen die Lebensgrundlage entzogen war, bewaffneten sich ebenfalls und drangen mit Krieg in die wenigen noch bewohnbaren Gebiete. Statt die dürftigen noch verbliebenen Lebensgrundlagen zu erhalten und zu verbessern, fiel man übereinander her und verpulverte, sprichwörtlich, restliche Ressourcen. Das alles lief wie ein Film in kurzer

Zeit in mir ab, dann fiel mir fast unrealistisch meine reale, momentane Situation ein.

Ich wusste nicht wusste, wo ich war. Ich höre jemanden an meine Liege treten und tauche langsam aus meinem Halbschlaft auf. Ein uniformierter junger Mann mit einem blonden Wuschelkopf ist mit dem Frühstück in die Zelle gekommen. Auf einem Tablett steht ein großer Becher Kaffee, auf einem Teller liegen Brötchen und ein anderer ist mit Butter, Käse und Wurstscheiben gefüllt. Er stellt das Tablett auf das Brett an der Wand. Dann sagt er auf Englisch: “Entschuldigen Sie die Umstände, in wenigen Tagen werden Sie ausgetauscht, so lange bitte ich Sie in diesem Zimmer zu bleiben. Die Tür ist nicht verschlossen, wenn nötig, finden Sie jemanden im gegenüberliegenden Zimmer. Wenn Sie etwas benötigen, können Sie es mir sagen.“ Ich meine: “Wenn meine Anwesenheit hier noch etwas andauert, möchte ich etwas zu lesen und einen Schreibblock mit einem Stift.“ Der junge Mann nickt, wobei ihm seine strohblonde Mähne ins Gesicht fällt. Ich bin noch nicht mit dem Frühstück fertig, da kommt er zurück und reicht mir das Gewünschte. Das Buch ist leider ein Kriminalroman auf Englisch. Ein Krimi war leider das Letzte, was ich mir wünsche, aber doch besser als Garnichts. Ich frühstücke und bin in Gedanken noch bei meinem wirren Traum. Was ist die Ursache für so ausführliche Träume? Früher habe ich sehr selten geträumt, und wenn es einmal geschah, waren es nur kurze Episoden und meist hatte ich sie nach dem Erwachen schon wieder vergessen. Mir spukt dieser Traum noch immer in den Gedanken. Ich beschließe mir Notizen für die anstehenden Vorlesungen zu machen. Doch wie sehr ich mich auch bemühe, mich zu konzentrieren, immer wieder kommen meine Gedanken zu den Traumbildern der vergangenen Nacht. Was hatte ich gesagt, Maßstäbe schaffen? Für einen Traum ein recht kluger Gedanke. Und die geschichtlichen Betrachtungen waren so aktuell, fast scheint mir dieses Traumgebilde aus dem kommenden Jahrtausend hat die Lebenssituation, in der ich lebe, besser verstanden als ich. Bin ich zu sehr mit meiner Forschung und der Lehre beschäftigt und nehme nicht richtig wahr, was um mich geschieht? Ich werde Statements gegen die Verwendung meiner Hypnosestrahlen außerhalb der Medizin abgeben müssen. Ich muss versuchen auf die zerstörerischen Auswirkungen für eine Gesellschaft aufmerksam zu machen. Die

Technik ist nun in der Welt, man muss die Anwendung reglementieren.

Ich werde mich ablenken und bis zum Mittagessen noch ein wenig lesen. Ich bin über dem Buch etwas eingedöst. Da kommt eine ältere Frau herein, stellt wortlos mein Essen auf das Brett an der Wand und geht, lässt dabei aber meine Tür einen Spaltbreit auf. Ich schaue kurz heraus auf den Gang, dort ist niemand zu sehen. Dann widme ich mich erst einmal dem Essen, Bratkartoffeln mit Sülze und sauren Gurken, es schmeckt ausgezeichnet. Als ich fertig bin, gehe ich auf den Gang hinaus. Nach wenigen Schritten kommt der junge Mann mit der blonden Mähne aus einem meiner Zelle gegenüberliegenden Raum und fragt, ob er mir helfen könne. Ich sage ihm, dass ich mich ein wenig bewegen möchte, er nickt und winkt mir, ihm zu folgen. Am Ende des Ganges gehen wir eine schmale Treppe hinunter. Mein Begleiter öffnet eine Tür und wir stehen auf einem Hof mit hohen Mauern ringsum. Der Ort ist enttäuschend, Ich laufe aber von einer Mauer zu der anderen, stoße mich an den Mauern ab und durchmesse so den Hof viele Male. Mein Begleiter sieht mir derweil zu und raucht eine Zigarette. Als wir zurückgehen bedankte ich mich und er sagt vor meiner Tür: „Ich habe etwas für Sie.“ Er geht kurz in sein Zimmer, kommt mit einem Smartphone zurück und sagt, ich könne telefonieren, er käme dann und hole es wieder ab. Ich bin vor Freude ganz aufgeregt und wähle die Nummer meiner Frau. Als ich ihre Stimme vernehme, sprudeln die Worte aus mir hervor als hätten sie sich verselbstständigt. „Liebste, ich bin es, mir geht es gut, mein Lufttaxi wurde abgefangen, ich weiß nicht, was es für Leute sind, sie behandeln mich aber sehr gut und ich werde schon bald ausgetauscht gegen inhaftierte Kameraden. Mach dir bitte keine Sorgen, ich werde schon bald zurück sein. Ich habe Sehnsucht. Ich hoffe, ich kann dir Bescheid geben, wenn ich komme.“ Als ich schweige, schweigt auch das Telefon eine kleine Weile. Dann kommt ihre tränenerstickte Stimme: „Ich freue mich so sehr, ich war so in Sorge. Es war schrecklich, als ich nichts mehr von dir hörte. Es konnte so viel passiert sein. Ich werde dich nicht mehr allein verreisen lassen.“ Leider kommt der junge Mann sein Smartphone zurückholen und ich sage noch schnell: „Ich muss Schluss machen, ich liebe dich.“ Als ich das Gerät zurückreiche, meine ich: „Sie sind ein Schatz“ Er grinst breit und antwortet: „Gern geschehen.“ Ich versuche dann zu lesen, aber meine Gedanken sind bei meiner Frau, schweifen ab zu meinem wirren Traum, um sich dann wieder mit Plänen für die Zukunft zu beschäftigen. Das alles ist aber nicht konkret, sondern verschwommen und unstetig, besser gesagt, ich träume mit offenen Augen. Ich lege mich früh schlafen.

In der Nacht werde ich von dem Blondschopf geweckt. „Machen Sie sich fertig, es geht los." Ich habe nichts zum Packen und schlüpfe schnell in die Hose und meine Schuhe. Ich sehe den jungen Mann zum ersten Male in Zivil, er hat eine Lederjacke an, trägt eine Bluejeans und hat seine Lockenpracht in eine Pudelmütze gezwängt. Wir verlassen das Bauwerk durch ein Portal, die Pförtnerloge ist unbesetzt. Mit einer Kennkarte öffnet mein Begleiter die Eingangstür. Gleich vor dem Eingang steht eine Limousine und wir steigen ein. Es ist ein autonomes Auto, wie mir scheint, der junge Mann betätigt nur einen Knopf und wir fahren los. Wir fahren im Dunklen durch einige menschenleere Straßen zwischen unbeleuchteten Hausfassaden. Mein Begleiter hat es sich bequem gemacht und beschäftigt sich mit seinem Smartphone. Wir biegen in eine befahrene Fernstraße ein. Der junge Mann wendet sich mir zu und sagt: „Ich bringe Sie zu einem Hotel in Oslo. Von dort können Sie weiterfliegen." Ich ziehe es vor zu schweigen und bin in Gedanken versunken. Es wird langsam hell. Schräg hinter uns färbt die aufgehende Sonne die Wolken am Horizont in ein sanftes Rot. Da richtet er wieder das Wort an mich, „Sie müssen einmal die Fahrzeuge beachten, alles Inder. Araber und Asiaten. Die nordischen Menschen sollen verdrängt werden. Sie sind wie Ratten, haben sie sich einmal festgesetzt, wird man sie nicht wieder los. Wir werden Fremde im eigenen Land. Patrioten bleibt nur der Kampf, wir werden die Heimat reinigen. Auch bei ihnen in Deutschland wird dieser Kampf ausgetragen, alle werden sich entscheiden müssen, ob sie kämpfen oder sich Islamisten unterwerfen wollen. Die Islamisten kennen kein Pardon, wer sich nicht unterwirft, wird getötet. Wir werden jedenfalls siegen oder untergehen." Ich wende zaghaft ein: „Wo sollen sie denn hingehen, wenn ihr Land verwüstet und überflutet ist?" Humanistischer Unsinn", antwortet er, „in der Natur überlebt der Stärkere, und wer in mein Haus eindringt, der wird es büßen." Wir fahren nun wieder in eine Großstadt, es muss Oslo sein. Unser Fahrzeug hält vor einem Hotel. Mein Begleiter legt meinen Pass auf den Tresen und spricht mit der Empfangsdame in der Landessprache. Dann reicht er mir die Hand und verabschiedet sich: „Alles Gute, überlegen Sie meine Worte“, und geht hinaus. Die Empfangsdame spricht mich in Deutsch an und sagt: „Frühstück gibt es noch bis 11 Uhr, im Restaurant gleich links, Ihr Gepäck ist schon auf Ihrem Zimmer.“ Sie wünscht noch guten Aufenthalt und reicht mir die Schließkarte für mein Zimmer. Ich bin verblüfft, dass mein Gepäck sich eingefunden haben sollte, und als ich die Tür zu meinem Zimmer aufschließe, da stehen wirklich alle meine Gepäckstücke. Ich nehme sofort das Zimmertelefon und wähle. Da es werktags am Vormittag ist, muss das Büro meiner Frau besetzt sein. Meine Frau scheint aber in einer Sitzung zu sein und es meldet sich nur der Anrufbeantworter. Ich sage nur, dass ich wieder frei bin und den nächsten Flug buchen werde, dann nenne ich noch die Telefonnummer des Hotels. Anschließend wähle ich das Reisebüro des Flughafens und bekomme sogar einen Flug für den kommenden Tag nach München. Ich nehme noch schnell mein Smartphone mit dem Ladegerät aus dem Gepäck, sehe mich nach einer Steckdose um und stöpsele es ein. Danach habe ich es eilig ins Bad zu kommen, denn ich habe ja seit Tagen nicht geduscht und meine Wäsche nicht wechseln können. Frisch geduscht und mit neuer Kleidung gehe ich dann, ohne den Aufzug zu benutzen, die Treppe hinunter in das Restaurant. Nun nehme ich mir Zeit und beobachte in Ruhe die wenigen anwesenden Gäste. Nachdem ich das Frühstück über eine Stunde hinausgezögert habe, ich ließ mir zweimal Kaffee nachschenken, hole ich mein Handy aus meinem Zimmer und begebe mich auf einen Stadtbummel. Mein Hotel liegt in der Altstadt in einer Seitenstraße der Karl Johans Gate. Ich schlendere diese Straße entlang bis zum Schloss. Nach dem Besuch des Munch-Museums esse ich in einem kleinen Straßenrestaurant eine kleine Mittagsmalzeit, besichtige noch den Dom und schlendere zum Rathaus, in dem der Friedensnobelpreis verliehen wird, und gehe dann zurück zum Hotel, um falls meine Frau anrufen sollte, den Anruf nicht zu verpassen. Leider sagt mir die Frau an der Rezeption, ich hätte einen Anruf aus Deutschland gehabt. Schnell eile ich auf mein Zimmer und rufe daheim an. In der Vorfreude uns bald wieder in den Armen zu halten, rede ich etwas zu viel und erzähle ihr die ganzen Begebenheiten der letzten Tage in allen Einzelheiten. Nach dem Gespräch nehme ich entgegen meinen sonstigen Gepflogenheiten eine kleine Flasche Rotwein aus dem Kühlschrank, schenke mir zwei Gläser ein und trinke beide Gläser im Bett. Ich denke an den blonden jungen Mann. Er hat mich gut behandelt, aber seine gehässigen, dummen Äußerungen gehen mir nicht aus dem Sinn. Ich habe geschwiegen zu diesen menschenverachtenden Äußerungen, war das feige? Das war es wohl, aber mit ihm zu streiten, wäre sinnlos gewesen, wieviel Hass sich doch in vielen Menschen angesammelt hat, das macht so hilflos. Ich versuche diese trüben Gedanken abzuschütteln und an meine Liebste zu denken und schlafe ein. Während des Frühstücks lasse ich schon mein Gepäck in die Rezeption bringen. Ein autonomes Taxi habe ich für 10 Uhr bestellt. Auf der Fahrt zum Flugplatz fällt mir auf, dass die gestern noch so friedliche Stadt heute am Vormittag mit Militär und Militärfahrzeugen angefüllt ist. Kurz vor dem Flugplatz werden wir gestoppt und kontrolliert. Mir scheint der ganze Flugplatz durch Militär abgeriegelt zu sein. Wir dürfen aber nach der Kontrolle gleich weiterfahren. Mir fällt auf, dass zwischen den kontrollierenden Soldaten auch Blauhelme sind. Auf der Anzeigetafel sind viele Flüge gestrichen, doch zu meiner Erleichterung wird mein Flug noch angezeigt. Als das Gepäck versorgt ist, beginnt das lästige Warten bis zum Aufruf zum Boarding. Bis dahin bin ich etwas angespannt gewesen, diese Anspannung fällt dann ab, als ich endlich im Flieger Platz genommen habe. Ich habe die erste Klasse buchen müssen, um in kurzer Zeit ein Ticket zu bekommen, und so sitze ich jetzt sehr bequem. In dieser Luxusklasse senke ich den Altersdurchschnitt merklich. Nur eine sehr junge Frau mit frischem, natürlichem Aussehen sitzt zwei Sitze vor mir. Sie ist wohl der Anlass zu meinen Betrachtungen von Zufall und Notwendigkeit. Ein Leben ohne meine Frau kann und will ich mir nicht vorstellen. Aber hätte ich nicht auch eine andere Frau lieben lernen können? Es ist doch unwahrscheinlich, dass meine Frau die einzige Möglichkeit für mich sein sollte. Vielleicht aber doch, denn ohne meine geliebte Frau wäre ich ein anderer. Mir scheint, man hat die Freiheit zu wählen, aber damit wählt man auch eine andere Wirklichkeit und eine andere eigene Persönlichkeit. Ganz davon abgesehen, dass wir viel mehr durch unser Unterbewusstsein und die Hormone gelenkt werden, als uns klar ist. Was wird diese junge Frau, die so unbekümmert wirkt, in ihrem Leben noch erwarten? Nun werde ich durch eine gereichte Mahlzeit aus meinen Gedanken gerissen. Nach dem Essen lasse ich mir noch einen Kaffee bringen und dann setzt das Flugzeug auch schon zur Landung an. Das

Gepäck kommt schnell und ich begebe mich zum Ausgang. Mein Herz tut einen Freuden-Hüpfer, als ich meine Frau erblicke. Ich hatte nicht erwartet, dass sie nach München kommen würde, um mich abzuholen. Ich lasse das Gepäck fallen und schließe sie in die Arme. Sie ist mit dem Auto gekommen und wir begeben uns in die Tiefgarage. Unterwegs erzählt sie mir, dass sie sich freigenommen hat und eine Kollegin ihr Ferienhaus am Starnberger See angeboten habe. Da könnten wir doch eine Woche ganz für uns haben. Sie strahlt mich an und mir wird bewusst, dass wir in letzter Zeit recht wenig Zeit für uns gehabt hatten. Ich bleibe stehen, drehe sie zu mir hin und gebe ihr einen herzhaften Kuss.

Ich habe diese selbstgesteuerten Fahrzeuge nie gemocht, doch ich muss zugeben an diesem Tag habe ich den technischen Komfort auch genossen. Meine Liebste gibt über ihr Smartphone unser Reiseziel ein und dann gleitet das Fahrzeug an den vielen geparkten Fahrzeugen vorbei, um einige Kurven und dann in das Sonnenlicht. Statt uns auf den starken Münchner Stadtverkehr zu konzentrieren, unterhalten wir uns. Ich bin länger nicht in München gewesen, aber ich werfe kaum einen Blick aus dem Fenster, ich genieße die Nähe meiner Frau und kann mich an ihren vertrauten Gesichtszügen nicht satt sehen. Sie erzählt, in der kurzen Zeit meiner Abwesenheit hätte sich viel ereignet. Es hätte ja lange gedauert, aber nun wären die Gerichte aktenfrei. Sämtliche Gerichte hätten ein nach außen abgeschlossenes Netz, alles wäre nun zentral gespeichert und könnte nur von Gerichtscomputern abgerufen werden. Es wäre nur schade, dass man nicht von außen auf die Daten zugreifen könnte, um sich daheim auf einen Prozess vorzubereiten, aber eine Anbindung an das Internet wäre viel zu gefährlich, jede Verschlüsselung könnte geknackt werden. „Da habe ich es besser", sage ich, „an der Uni ist alles zugänglich und ich kann viel zuhause vorbereiten, allerdings dürfen unveröffentlichte Forschungsergebnisse nicht ins Netz gespeichert werden, sie müssen offline abgespeichert werden." Dann sieht mich meine Frau forschend an und fragt mich: „Hast du dich mit Kurt gestritten? Er wollte Geld von mir. Er wäre in einer schlimmen Lage und dich könne und wolle er nicht fragen." Nun erzähle ich ihr den Streit mit unserem Sohn, den ich kurz vor meiner Abfahrt nach Norwegen hatte. „Ich sagte ihm, er hätte ein infantiles Verständnis vom Freiheitsbegriff. Jeder lebte in einer Gemeinschaft und von der Gemeinschaft, und hätte so die Pflicht auch für die Gemeinschaft zu leben. Die Freiheit einer Gesellschaft wäre sehr empfindlich und auf jeden angewiesen. Er könne nicht lebenslang von anderen leben. Ich sagte auch, und das hätte ich besser nicht gesagt, ob er beabsichtige, später nur von unserem Erbe zu leben. Er hat das so übel aufgenommen, dass er gleich fortging. Ich habe ihm noch etwas Beschwichtigendes nachgerufen, er ließ sich aber auf nichts mehr ein." Meine Liebste sieht, wie sehr mich das kümmert und streicht mir begütigend über den Kopf. „Er wird sich schon wieder einkriegen, jedenfalls bin ich jetzt Dreißigtausend ärmer, ich konnte ihn doch nicht in einer Notlage abweisen." Nun stoppt unser Fahrzeug vor einem schönen Haus. Wir hatten gar nicht registriert, dass wir schon ein gutes Stück am See entlanggefahren sind. „Das soll ein Ferienhaus sei?", staune ich, „da möchte ich das Wohnhaus deiner Kollegin sehen." Innen ist das Haus sehr gemütlich und geschmackvoll eingerichtet und wir fühlen uns schon bald sehr wohl. Kaum haben wir das Wichtigste ausgepackt, laufen wir zum See und springen vom Steg ins klare und kalte Wasser. Danach essen wir einige Köstlichkeiten, die meine Frau schon vor meiner Ankunft eingekauft hat, und dann gehen wir recht früh ins Schlafzimmer.

Ich habe etwas länger geschlafen, als ich erwache, beugt sich eine nackte Frau, schön wie die Venus, über mich, zieht mir die Decke weg und lachend meinen Schlafanzug aus. Ich glaube, das wäre die Fortsetzung der Zärtlichkeiten, aber sie zieht mich aus dem Bett, durch die Terrassentür und durch das noch nasse Gras zum See. Hand in Hand laufen wir neben dem Steg in das kalte, flache Wasser, dann mit einem Hechtsprung schwimmen wir hinaus in die leuchtende, morgendliche Wasserfläche. Es ist noch sehr kalt und ich kehre als erster um, laufe schnell zum Haus und dort unter die heiße Dusche. Als ich aus dem Bad komme, hat meine Liebste schon im Bademantel, mit einem Handtuch als Turban, das Frühstück gerichtet. Vormittags sitzen wir plaudernd auf Liegen unter einem Sonnendach. Ich erzähle von der Haushälterin in Norwegen und meiner Sorge um eine verantwortungsvolle Anwendung der Hypnosestrahlen. Ich verspreche mich zu exponieren und die Öffentlichkeit über die lauernden Gefahren beim Missbrauch dieser Technik zu unterrichten. Meine Frau erzählt von den Spannungen, die in letzter Zeit in der internationalen Politik aufgetreten sind. Verstärkt durch die Flut von Klimaflüchtlingen hätten Nationalisten und Rassisten großen

Zulauf erhalten und viele, die zuvor die Annehmlichkeiten einer freiheitlichen Demokratie genossen hatten, würden als Rückversicherung Kompromisse mit den intoleranten Ideologen eingehen. Sie sagt, sie hätte Angst vor der Zukunft, weil selbst in Juristenkreisen diese Krankheit mehr und mehr um sich greife. Wir fassen den Entschluss uns diese schöne Auszeit nicht durch trübe Gedanken und Zukunftsängste verderben zu lassen. In einem kleinen Raum gleich am Eingang haben wir ein Regal mit einem großen Sortiment an Wanderschuhen gefunden, die richtigen Größen für uns waren dabei und so beschließen wir die Gegend zu Fuß zu erkunden. Wir fahren nach Gmund, essen dort in einem kleinen Lokal zu Mittag, gehen dann einen ausgeschilderten Rundweg entlang und genießen die herrliche Landschaft. Als wir unser Feriendomizil wieder erreichen, ist es schon dunkel geworden und von der ungewohnten Bewegung an frischer Luft müde geworden gehen wir gleich schlafen.

Weil wir verabredet haben, unsere Zweisamkeit nicht durch negative Gedanken stören zu lassen, schaue ich, wenn meine Frau nicht in der Nähe ist, gleich auf die Nachrichten in meinem Smartphone. Ich vermute, dass sie das Gleiche macht. Auf diese Weise bin ich etwas informiert, was in der Welt vor sich geht. Der Aufstand in Norwegen wurde durch den Einsatz europäischer Friedenstruppen beendet. Die Putschisten legten ihre Waffen nieder und wurden begnadigt. Ich bin skeptisch, ob eine Begnadigung diese Leute menschenfreundlicher macht. Der fremdenfeindliche Hass wird weiter schwelen und wieder aufflammen. Allerdings sehe ich auch keine Lösung dieser Konflikte, höchstens, wenn viele Menschen bereit sind, sich friedfertig dagegen zu stemmen. Gegen Gewalt helfen nur eine starke Geschlossenheit und Solidarität mit den Opfern. Im Grunde mache ich mir um die Demokratie Sorgen, nach meinem Empfinden macht sich überall Totalität breit, der Ruf nach einfachen Lösungen, nach klarer Unterscheidung von richtig und falsch und nach Führung nimmt weiter zu.

Wir verleben in diesem Feriendomizil sehr glückliche Tage, es fällt auch nicht so sehr ins Gewicht, dass sich das Wetter verschlechtert und in den letzten drei Tagen die Sonne sich nicht mehr sehen lässt. Wir machen auch Spaziergänge im Regen und in den See gehen wir sowieso jeden Tag. Am Tage vor unserer Abfahrt buchen wir einen Tisch in einem Restaurant in Wiessee, um mit einem festlichen

Abendessen Abschied zu nehmen. Meine Liebste bedauert, dass wir nur praktische Alltagskleidung im Gepäck haben, sie hatte weder Kleid noch einen Rock und ich hatte nur Freizeitkleidung nach Norwegen mitgenommen. Ich werde von ihr mit einer dunklen Hose und einem weißen Hemd ausgestattet, einen Seidenschal faltet sie zu einem schmalen Band und drapiert ihn unter meinem Kragen wie eine Krawatte. Sie selbst trägt zu ihrer Hose ein enges T-Shirt und ihre Bernsteinkette, die sie zur Begrüßung am Flughafen getragen und hier abgelegt hat. Wir fahren recht früh los, gehen aber gleich in das Lokal und werden von einer sehr freundlichen jungen Frau mit tiefbrauner Haut an den bestellten Tisch in einer Nische im hinteren Bereich geführt. Meine Liebste bestellt ein vegetarisches Menü, ich lasse mich von einem T-Bone-Steak verführen, dazu bestelle ich einen guten Rotwein. Kaum bestellt, da bringt die afrikanische Schönheit einen Vorspeisenteller mit kleinen gerösteten Brotscheiben und zwei Sorten von leckerem Aufstrich. Die Atmosphäre im Lokal ist sehr angenehm mit einer leisen fremdländischen Musik im Hintergrund. Wir essen mit großem Appetit und bestellen als Dessert eine Süßspeise mit fremdländischem Namen. Da ist plötzlich Gebrüll an der

Eingangstür und ein Trupp von jungen Leuten mit schwarzem uniformähnlichem Outfit stürmt herein. Vor dem Lokal sind anscheinend noch mehr versammelt, denn man hört den Gesang: „Wir werden weiter marschieren…“ Ein Mann, anscheinend der Besitzer des Lokals, kommt aus dem Zimmer hinter dem Tresen und bittet die Eindringlinge sein Lokal zu verlassen. Er wird gestoßen und ein Mann mit rotem zornigem Gesicht brüllt ihn an: „Du kannst deinen Hundefraß in deinem Scheißland verkaufen.“ Der Zurückgestoßene ruft: „Ich bin deutscher Staatsbürger wie Sie!“ Da schlägt ihm einer heftig ins Gesicht und tritt auf den zu Boden gehenden ein. Einige dieser Rowdys stürmen hinter die Theke, stoßen die Bedienung brutal zur Seite, reißen Flaschen und Gläser aus dem Regal und schmeißen sie auf den Boden. Ich nehme meine Frau und schiebe sie nach hinten zur Toilettentür. Es werden noch einige Stühle umgeschmissen, dann ziehen sich die Angreifer zurück und ich kümmere mich um den am Boden liegenden blutigen Mann. Nach einiger Zeit kommt Polizei, aber statt die Schläger zu verfolgen sehen sie sich sorgfältig im Lokal um, stellen Fragen und notieren Aussagen. Auf meine Frage, ob sie nicht gegen die Täter vorgehen wollen, bekomme ich zur Antwort,

„Das ist nicht Ihre Sache“, um mich gleich darauf aufzufordern mich auszuweisen. Meine Frau tröstet unterdessen die weinende Bedienung. Als sich der größte Trubel gelegt hat, bezahle ich und wir verlassen das Lokal. Wir sind sehr bedrückt, das ist nun wirklich kein Abschluss, wie wir es uns vorgestellt haben. Im Bett liege ich noch lange wach. Als ich endlich einschlafe, habe ich wieder einen Albtraum. Ich bin wieder in der kleinen grünen Zelle. Der einzige Unterschied ist, an jeder der vier Wände sind kleine vergitterte Fenster. Von den Fenstern her dringen Tumult und Getöse zu mir herein. Ich kann Wortfetzen verstehen, wie „Sieg Heil und hängt die Verräter.“ Dann bummert es laut an die Zellenwände. Der Lärm wird immer stärker. Die Zelle schwankt und die Wände biegen sich von den Schlägen. Dann stürzen die Wände auf mich und ich erwache. Meine Frau rüttelt mich und sagt, ich wäre sehr unruhig gewesen und dann hätte ich laut geschrien. Danach liege ich wieder wach und denke an den Traum und den gestrigen Überfall. Morgens kommen wir überein, dass der unschöne Vorfall am Vorabend uns den Abschied von unserer Auszeit erleichtert. Es war auch davor schon zwiespältig, einerseits genossen wir unsere Freizeit, andererseits strebten wir wieder zu unserem Nest und den Aufgaben, die uns sehr wichtig sind. Wir lieben beide unseren Beruf und können uns noch nicht vorstellen ihn einmal aufgeben zu müssen.

Auf der Fahrt nach Freiburg hören wir Musik und hängen unseren Gedanken nach. Daheim stürzen wir uns gleich wieder in die Arbeit. Ich bereite meine kommenden Vorlesungen vor und bemühe mich um Öffentlichkeit für Stellungnahmen gegen die missbräuchliche Verwendung meiner Hypnosestrahlen. Durch Vermittlung eines Freundes kann ich an einer Diskussionsrunde des Fernsehens teilnehmen. Der Moderator lässt mir die Möglichkeit darzulegen, wozu diese Strahlen gedacht waren und wo sie zu den Vorteilen kranker Menschen eingesetzt würden. Dann sage ich, wenn sie aber außerhalb der Medizin eingesetzt würden, um Menschen zu manipulieren, griffen sie in Persönlichkeitsrechte ein und könnten sogar gesunde Menschen krank machen. Eine Anwendung außerhalb der Medizin hätte schlimmere Folgen als Suchtmittel und müsste verboten werden. Ein in der Runde anwesender Arzt legt dar, welche schädlichen Nebenwirkungen Narkosemittel hätten und wie vorteilhaft die Strahlen bei Operationen eingesetzt würden. Ein Psychiater erklärt, welche Erfolge sich bei psychischen Erkrankungen erzielen ließen. Ich gebe zu bedenken, dass auch bei Rauschmitteln im Anfang die Behandlung von psychischen Erkrankungen gestanden und sich dadurch ein Tor zum Missbrauch geöffnet hätte. So eine Entwicklung müsste unbedingt vermieden werden. Am Ende der Sendung sind sich alle Teilnehmer einig, dass der Staat gefordert wäre eine Anwendung der Strahlen durch ein Gesetz zu regeln.

Alle 14 Tage treffen sich mittwochabends Kolleginnen und Kollegen verschiedener Fachrichtungen in einem Weinlokal nahe der Universität. Diese Abende gelten nicht nur fachlichem Austausch, obwohl gerade Probleme aus anderen Forschungseinrichtungen Anlass für neue Überlegungen boten, sondern es wurde auch viel Klatsch und Interna verbreitet. An einem dieser Abende setzt sich ein mir bekannter Psychologe zu mir und beginnt mir begeistert von neuen Anwendungen der Hypnosestrahlung in seiner Arbeitsgruppe zu berichten. Ihnen wäre es gelungen, Versuchspersonen zu Eidetikern zu machen, die unter der Auswirkung der Strahlen ganze Bücher in kurzer Zeit speichern könnten. „Stellen Sie sich einmal vor, dass Ihre Forschungsleistung damit den gesamten Lehrbetrieb von Schule bis zur Universität revolutionieren kann.“ Als ich sehr bedenklich scheine, fragt er: „Freut Sie das nicht?“ „Lieber Kollege, mir graut vor dem, was sich daraus entwickelt, was wird die Menschheit für diesen Fortschritt zahlen müssen. Wir sind ein kleines Teilchen der Natur, eng verflochten mit allen Erscheinungsformen unserer Welt. Haben wir nicht schon genug zerstört, indem wir meinten uns separieren zu können?“ entgegne ich nachdenklich. Mein Gesprächspartner ist verunsichert und schüttelt ungläubig den Kopf. „Muss uns nicht jedes Mittel recht sein, das uns weiterbringt und eventuell unsere Probleme lösen kann?“, fragt er eindringlich. Mir fällt das Beispiel eines Menschen ein, der im Morast versinkt und durch sein Zappeln nur immer tiefer sinkt. „Das ist ein falscher Vergleich“, meint er. Wir diskutieren noch lange, aber ich kann ihn nicht überzeugen. Wir sprechen wohl aneinander vorbei. Wenn ich sage, so eine Intervention ist nichts Natürliches, es gehört nicht zu uns, werde ich wohl falsch verstanden. Wird mich jemand verstehen, wenn ich ihn frage: „Was ist der Mensch?“ Wird mir einer antworten: „Ein kleiner Bestandteil der großen Natur, an der er sich nicht versündigen darf.“? Ich glaube nicht. Um ein gutes Gewissen zu behalten, werde ich wohl meine Vorlesungen gründlich überarbeiten müssen. Was kann ich den jungen Menschen mitgeben? Was kann, und was darf ich ihnen nahebringen? Ein Gespräch mit meiner Frau wird mir etwas Klarheit geben. Ich werde mich mit ihr besprechen, wenn ihr die Belastung bei Gericht Raum gibt, um auf meine Probleme einzugehen. Als ich wieder daheim bin, fühle ich mich kämpferisch optimistisch, ich werde mich gegen Entwicklungen stemmen, die den schlimmen Zustand unserer Erde und den der menschlichen Gesellschaft nur noch verschlechtern könnten.

Am kommenden Tag bin ich depressiv und pessimistisch. Wenn ich nicht einmal Fachwissenschaftlern klar machen kann, welche Gefahren dadurch entstehen, dass die Menschen sich von der Natur noch weiter separieren, wie soll ich da normale Leute überzeugen? Ich werde weiterkämpfen, nötigenfalls auch gegen Windmühlenflügel. Abends, ich habe den Abendbrottisch schon vorbereitet, kommt meine Frau strahlend ins Wohnzimmer. „Ich habe Neuigkeiten, du wirst es nicht glauben, es geschehen noch Wunder. Unser Sohn hat mich im Amt angerufen, er hat sich verlobt! Stell dir vor, unser Spätentwickler, Samstag kommt er mit seiner Verlobten, um sie uns vorzustellen.“ Darauf habe ich schon lange nicht mehr gehofft, doch gleich beschleichen mich Ängste. Ist er fähig die Verantwortung für einen anderen Menschen zu übernehmen, wo er für sich selbst bisher kaum dazu in der Lage war? Wir warten voller Ungeduld auf das Eintreffen des jungen Paares.

Strahlend kommt unser Sohn ins Haus, er hat selbst die Eingangstür aufgeschlossen, und hinter ihm steht eine junge Dame wie aus dem Bilderbuch. Das Weiß ihrer Augen leuchtet aus dem tiefbraunen Gesicht. Den schwarzen Wuschelkopf bändigt ein Seidentuch. Sie streckt meiner Frau die Hand entgegen, in der anderen Hand hält sie einen großen Blumenstrauß. Mein Sohn umarmt mich überraschend, wir hatten uns ja sehr gestritten. Dann begrüße ich seine Verlobte, zugegebenermaßen etwas eingeschüchtert von ihrer blühenden jugendlichen Schönheit. Wir setzen uns an den Tisch, auf dem meine Frau kleine Köstlichkeiten vorbereitet hat. Ich kümmere mich um die Getränke und wir vier kommen überein, ein Glas Sekt zu trinken. Die Verlobte meines Sohnes, sie heißt Lotte, plaudert mit einem starken Berliner Akzent. Sie ist in Berlin bei Adoptiveltern aufgewachsen. Bei ihrer Geburt arbeiteten ihre Adaptiveltern in einem Krankenhaus in Kampala, ihr Adoptivvater als Arzt und ihre

Adoptivmutter, die aus Somalia stammte, als Krankenschwester. Lottes Mutter kam schwanger und todkrank in dieses Krankenhaus. Während der Geburt starb die Frau, aber das Baby blieb am Leben. Der Arzt kümmerte sich um das Neugeborene, und als er nach Deutschland zurückkehrte, heiratete er die Krankenschwester und adoptierte das kleine Mädchen, das inzwischen schon über ein Jahr alt war. In Berlin bekam Lottes Adoptivmutter noch zwei Kinder, beides Jungen, mit denen sie aufwuchs und ein enges geschwisterliches Verhältnis hat. Lotte studiert Politikwissenschaft und steht kurz vor ihrem Examen. Ich sage in einer Gesprächspause, ich müsse meinen Sohn einmal kurz entführen, und bitte ihn in mein Arbeitszimmer. Als wir allen sind, sage ich: „Du willst also heiraten, wie hast du dir eure die Zukunft vorgestellt?“ Er bleibt ganz gelöst: „Keine Sorge, Pa, ich kann mir denken, dass du Bedenken hast, es wird sich alles ändern, ich habe ein Studium angefangen, aber nicht Medizin, das war nichts für mich. Ich studiere jetzt Jura und nebenbei Politik. Wir werden heiraten, wenn ich das Studium abgeschlossen habe, bis dahin wohnen wir zusammen, eine Wohnung haben wir schon.“ Ich bin erleichtert, sage ihm das auch und wir gehen zurück ins

Wohnzimmer. Es wird ein sehr schöner Abend und mir wird klar, wie sehr ich unter dem Streit mit meinem einzigen Sohn gelitten hatte. Als dann unsere Gäste gegangen sind und ich mit meiner Frau allein bin, äußern wir beide, wie sehr wir von der Wandlung unseres Sohns und von unserer zukünftigen Schwiegertochter angetan sind. Daraufhin trinken wir noch jeder ein Glas guten Rotwein und ich habe Zeit meiner Frau von meinem Problem durch den Missbrauch meiner Forschung zu berichten. Meine Frau versteht gleich mein Problem und sie gibt mir darin Recht, dass daraus eine große Gefahr für die menschliche Freiheit entstehen könnte. Sie bestärkt mich darin, in der Öffentlichkeit warnend aufzutreten, selbst wenn ich damit in Kollegenkreisen Befremdung auslösen sollte. Als wir ausgetrunken haben, geht meine Frau ins Schlafzimmer und ich bereite mich noch etwas auf meine Vorlesung vor, die ich gänzlich umstellen will.

In den folgenden Tagen widme ich mich der Arbeit in meiner Forschungsgruppe. In unserer Abteilung arbeiten wir schon lange daran, mit dem gleichen Prinzip, das für die Anwendung an menschlichen Gehirnen entwickelt wurde, digitale Systeme zu vernetzen und sie damit, um Potenzen leistungsfähiger zu machen. Mein

Assistent spricht mich auf die Fernsehsendung an und ich bin froh, in ihm einen Menschen zu finden, der meine Bedenken teilt. Als am Anfang der folgenden Woche die Vorlesungstätigkeit beginnt, bin ich freudig darauf gespannt. Als ich den Saal betrete, sehe ich, er ist fast überfüllt, einige der Zuhörer müssen sogar auf den Stufen sitzen. Ich bin in meinem Element, ordne die Papiere auf dem Pult, schaue kurz in die Rund und beginne mit fester Stimme.

„Ich begrüße Sie zu der ersten Vorlesung in diesem Semester. Diese Vorlesungsreihe wird von den üblichen Vorlesungen abweichen. Ich werde mich nicht bemühen, Ihnen Wissen zu vermitteln, sondern ich werde mich darauf konzentrieren, Ihnen Zweifel und Skepsis einzupflanzen. Skepsis gegen gängige Lehrmeinungen, Skepsis gegen unsere Denkmodelle und Skepsis gegenüber der Leistungsfähigkeit unserer so hochgeschätzten Intelligenz. Wie ich kürzlich erfahren habe, können Sie in kurzer Zeit als künstlicher Eidetiker sich dank segensreicher Strahlen alles Wissen für Ihr Examen aneignen. Bitte, keinen Beifall! Segensreich war ironisch gemeint.

Segen können unsere Errungenschaften nur dadurch bewirken, wenn wir sie verantwortungsbewusst anwenden. Verständnis und Kreativität können Sie durch Hypnosestrahlen nicht erwerben und die Menschlichkeit, die eine Persönlichkeit ausmacht, werden Sie auf diese Weise nicht erlangen. Das nur als eine kleine Einführung. Falls Sie nur danach streben, in möglichst kurzer Zeit ein Examen abzulegen, verschwenden Sie in meiner Vorlesung Ihre Zeit.

Das Objekt, dass ich nun anfangs beschreiben will, ist riesig, nein, gigantisch, doch das ist noch lange nicht die richtige Bezeichnung, dafür fehlt nicht nur das Wort, sondern auch die menschliche Vorstellungskraft. Es reicht von unendlich groß bis unendlich klein und füllt dennoch keinen Raum. Es fehlen alle Dimensionen. Es hat keine Vergangenheit und keine Zukunft, ihm fehlt die Zeit. Es umfasst alles, es gibt nichts außerhalb. Ein Betrachter sieht nur unendlich viele Facetten und diese Facetten haben auch unendliche Facetten und so weiter. Die Ausschnitte des Ganzen, die Facetten, haben für einen Betrachter spezifische Aspekte und durch die Wahrnehmung dieser Aspekte entsteht für den Betrachter die

Raumzeit. Ohne einen Betrachter gäbe es keine Raumzeit. Ein Vorher und Nachher, ein Hier und Dort entstehen durch Wahrnehmung. Auch die Facetten sind nur Teil der Wahrnehmung, es gibt keine Abtrennung, alles ist verbunden, das Objekt ist ein unbegreifliches Ganzes. Gibt es Belege für diese These? Nein, und die kann es auch nicht geben, denn alle Dimensionen sind mit der Wahrnehmung verbunden. Wir können nur Dynamik messen, alles was wir in Erfahrung bringen, ist Veränderung in Raum und Zeit.

Dagegen steht, wenn Raum und Zeit keine Bestandteile des Alls sind, wie passt dazu der radioaktive Zerfall? Das geschieht in der Zeit. Brauchen Kernprozesse einen Betrachter? Kernfusionen in den Sternen werden durch Gravitation erzeugt und Gravitation braucht den Raum, in dem sich die Gasmassen zusammenballen. Unsere gesamte Erfahrungswelt ist Raum und Zeit, wie kann ich das mit den zuvor gemachten Aussagen vereinbaren? Ich werde den Widerspruch zurückstellen, aber ihn bei allem Weiteren im Hinterkopf behalten. Seit Einstein wissen wir, dass Raum und Zeit relativ sind. Die Zeit und auch der Raum ändern sich bei großen Geschwindigkeitsunterschieden und durch Gravitation. Aber die Geschwindigkeit ist auch relativ, alles bewegt sich, es gibt keinen Fixpunkt. Mit der Erdoberfläche rotieren wir mit ca. 1000 Kilometer/ Stunde, und die Geschwindigkeit, mit der unsere Erde um die Sonne rast, ist beträchtlich größer und die Sonne wandert mit der Galaxie, die sich wiederum im größeren Maßstab bewegt. Nur die Lichtgeschwindigkeit hat eine feste Größe, aber nur für einen Betrachter zwischen Emission und Absorption. Für einen Lichtquant steht die Zeit still. Das All ist notwendigerweise viel mehr und anders, als wir es sehen. Wir brauchen einzelne Aspekte zum Begreifen, einem Ganzen gegenüber sind wir hilflos. Beim Versuch das All zu ergründen, landen wir bei ungezählten Galaxien, bei Gaswolken und in einer weit zurückliegenden Vorzeit. Dann meinen wir einen Anfang zu erkennen, wir messen ihn mit 13,8 Milliarden Lichtjahren, in einer Entfernung den das Licht erst in 13,8 Milliarden Jahren zurückgelegt hat. Aber die Signale aus dieser Entfernung kommen nicht aus einem räumlichen Anfangspunkt, die Expansion muss sich unvorstellbar schnell vollzogen haben. Als sich die Materie gebildet hatte, emittierte die entstandene Materie das erste Licht. Hatte das All schon zu dem Zeitpunkt ähnliche Ausdehnung? Wenn das Weltraumteleskop

Hubble in 13 Milliarden Lichtjahren das weiteste Objekt misst, frage ich mich, wenn es zur selben Zeit auch in die entgegengesetzte Richtung messen würde, könnte es dann auch 13 Milliarden Lichtjahre weit blicken? Wie ist das zu verstehen, ganz unabhängig davon, dass unser Sonnensystem wohl sicher nicht der Mittelpunkt des Alls ist? Ich kann mir einen Anfang nur als eine Art zeitlose Aktion vorstellen, in der sich auf einmal der gesamte Kosmos entfaltete, und zwar nicht in einem Raum mit unseren geometrischen Vorstellungen. Wie soll ich aber verstehen, dass Lichtquanten nach 13 Milliarden Jahren aus allen Richtungen auf der Erde eintreffen? Weder Zeit noch Raum passen in meine beschränkte Vorstellungskraft. Nach der anfangs gemachten Definition hätte das All keine Dimensionen, weder Raum noch Zeit. Raum und Zeit wären unsere Begriffe, mit denen wir versuchen, uns zu orientieren, und damit wird die Suche nach der Entstehung des Alls sinnlos, aber Messungen ständen dazu in keinem Widerspruch. Wir müssen akzeptieren, dass wir in unserer eigenen Welt leben, die mit unserer Existenz eine Einheit bildet. Es ist wie mit dem Leben und dem Tod, wir können nur Leben empfinden, den Tod selbst erleben wir nicht und wir können ihn nicht erforschen, der

Tod ist außerhalb unserer Welt. Wir wissen, dass wir sterben, aber nur das Leben ist Teil unserer Welt. Das riecht nach Religion und das ist wohl auch nicht so ganz abwegig, es ist möglich, dass ähnliche Gedanken zur Bildung religiöser Symbole beigetragen haben. Man kann sogar weitergehen, und religiöse Bilder in diesem Sinne übersetzen. Damit beende ich den ersten Teil und werde mich in der nächsten Vorlesung mit kleineren Maßstäben beschäftigen."

Ich habe nicht erwartet, dass ich mit meiner Vorlesung Aufsehen erregen könnte, aber schon in den folgenden Tagen stoße ich auf Ablehnung durch Kollegen und werde im Internet zum Teil übel beschimpft. Am meisten erschrecken mich zustimmende Kommentare aus der falschen Ecke. Dort am rechten Rand versammeln sich radikale Gegner der freiheitlichen Demokratie, für die Wissenschaftler käufliche Subjekte sind. Da heißt es zum Beispiel: „Es wird Zeit, dass einer den korrupten Vertretern des Mainstreams mal tüchtig in den Arsch tritt." Konnte mich einer der Zuhörer derart falsch verstehen? Liege ich etwa falsch mit meinem Konzept auf diese Weise das Mitdenken anzuregen? Da darf ich wohl auf die kommenden Vorlesungen gespannt sein.

In Zeiten psychischer Anspannung kommen mir im Schlaf anscheinend regelmäßig Träume, die große Ähnlichkeiten aufweisen. Wahrscheinlich bin ich aber auch nur im Halbschlaf, als ich die Berührung meiner Frau spüre, die mein Gesicht streichelt und sagt: „Du schläfst wieder so unruhig, hast du Kummer?“ Ich habe wieder von der gleichen grünen Zelle geträumt, aber in jeden Traum ist sie ein wenig anders. Sie war gleichzeitig ein großer Monitor und die Enge der Wände oszillierten mit dem Bildschirm, die Grenzen des Raumes und der übergroße Monitor verschwammen und wandelten sich ineinander um. Ich suchte etwas, konnte aber die richtige Seite nicht finden, immer wieder landete ich bei dem Bild einer zerstörten Erde. Ich hämmerte mit Fäusten gegen den Bildschirm, aber dann war es nur die Wand und von Fern vernahm ich die Stimme meiner Frau. Ich erzähle ihr von dem immer wiederkehrenden Traum und sie rät mir einen Fachmann für unterbewusste Vorgänge zu befragen. Diesen Schritt schiebe ich in den folgenden Tagen immer wieder hinaus.

Dann beginnt meine zweite Vorlesung, aber der Kreis meiner Zuhörer scheint nicht geschrumpft zu sein, im Gegenteil, ich habe den Eindruck, dass der Saal noch voller ist als bei der ersten

Vorlesung. Als Einführung sagte ich: „Um Missverständnissen vorzubeugen, möchte ich bemerken, dass Zweifel wichtig sind und dass ich damit nicht die Wissenschaft anzweifele. Ich bin auch Wissenschaftler und vertraue ganz den wissenschaftlichen Methoden und Aussagen, soweit sie sich nicht falsifizieren lassen. Von den Phänomenen, die ich in den Mittelpunkt meiner Vorlesung gestellt habe, berichte ich Ihnen nicht als Fachmann, sondern als jemand, der nach Erkenntnis strebt. Meine Bemühungen richten sich darauf, Ihren Blick auf die Geheimnisse jenseits Ihres gewählten Fachstudiums zu lenken.

In der heutigen Vorlesung möchte ich unsere Aufmerksamkeit dem „Unendlich Klein“ zuwenden. Das was Teilchen genannt wird, ist nach der Wortbedeutung kein Teilchen, kein kleines Stück Materie und gehorcht nicht den Gesetzen, die wir für Materie entdeckt haben. Dort hört jede Stofflichkeit auf, wir sehen Wirkungen auf Wirkungen, Änderungen in der Zeit, aber auch das sind nur unsere Begriffe, die wir definieren und katalogisieren. Wir nennen es Erkenntnis, aber ist alle Erkenntnis nicht nur der Spiegel unserer Innenwelt? Woher ich das weiß? Ich weiß es nicht, nicht besser oder genauer, nur die vielen Widersprüche in unserem Weltbild lassen mich spekulieren und mit den gleichen Mitteln, die ich in Zweifel ziehe, versuche ich Widersprüche zu umschiffen, indem ich Aspekte, die mich nicht überzeugen, ausblende. Dass ich dadurch in neuen Widersprüchen lande, habe ich schon gesagt. Wahrnehmung ist ein Abgleich von Signalen von außen mit dem, was wir schon eingespeichert haben. Was unsere Sinne uns bieten, sind einzelne Aspekte, gefiltert durch unseren inneren Fundus. Um die Welt zu begreifen, hangeln wir uns von einem Aspekt zum nächsten. Kommen wir an Aspekte, die sich nicht in unsere Erfahrungswelt eingliedern lassen, erfinden wir neue Namen und probieren Wechselwirkungen mit Aspekten aus, die wir bereits in unserem inneren Fundus eingeordnet haben. Oft stellen wir dann fest, dass eine schon akzeptierte Einordnung nicht ganz stimmen kann, und müssen unseren inneren Fundus korrigieren.

In der Wissenschaft geht man häufig den Weg, zu untersuchende Objekte immer weiter aufzuspalten, um sie durch ihre Bestandteile zu verstehen. Ein anderer Weg der Erkenntnis ist zu untersuchen, wie sich alles zusammenfügt. Beide Wege sind gangbar, führen zu Erkenntnissen und stoßen an die Grenzen unseres kleinen Verstandes. Unser Denkapparat ist nicht fähig Vielfalt zu ergreifen, er kann nur Schritt für Schritt Beziehungen herstellen. Vernetzungen von vielen Faktoren können nur in Computern nachvollzogen werden, aber ein Rechner bearbeitet allein das, was ihm vorher eingespeist wurde. Die digitalen Rechenmaschinen arbeiten viele Zehnerpotenzen schneller als unser Gehirn und auch ihre Speicherkapazität, das Gedächtnis, ist unvergleichbar größer. Dafür ist unser Gehirn sehr viel komplexer und verbraucht sehr viel weniger Energie. Darüber hinaus gibt es noch einen sehr großen Unterschied, unser Gehirn hat einen Bezugspunkt, das "Ich", es hat Bewusstsein, einen Willen, Emotionen und eine laufende Selbstkontrolle. Ein Computer berechnet, was ihm eingegeben wurde, er hat keine Intentionen und keine Neugier. Aber er kann in kurzer Zeit die Pixel eines Farbbildschirms errechnen. Menschen könnten das auch, kaum vorstellbar, wie lange das dauern würde. Die moderne Technik, zum Beispiel die Raumfahrt, wäre ohne die Rechenleistung der Computer nicht denkbar. Das was wir künstliche Intelligenz nennen, ist keine Intelligenz, es sind Programme, die sich an ihre Aufgaben anpassen können. Sie nimmt immer mehr Platz in unserem Leben ein und übernimmt Aufgaben, zu denen wir sonst nicht fähig wären. Das vollzieht sich mit so großer Geschwindigkeit, dass Kontrollverlust zu befürchten ist. Wer kann schon die Komplexität und die Funktionen eines einfachen Smartphones, das wir täglich benutzen, verstehen? Die technische Entwicklung ist Einzelmenschen aus der Hand genommen, sie wird durch Gruppenintelligenz mit Hilfe der schnellen Rechensysteme vorangetragen. Das vollzieht sich in wenigen Jahrzehnten, während in vielen tausend Jahren davor die Gesellschaft sich nur langsam und mit Rückschlägen weiterentwickelte.

Ist es möglich, Prognosen für den Fortgang dieser Entwicklung zu machen? Ich halte die Zukunft für ein chaotisches System, in dem kleine unwahrscheinliche Ereignisse die Richtung bestimmen können. So ein System ist weder zu lenken noch vorherzusagen. Also werden wir gelenkt, beeinflussen aber gleichzeitig den Ablauf. Ich glaube, das unendlich Klein wird uns genauso wie das unendlich Groß fremd bleiben. Ich glaube, das kommt daher, weil wir den Begriff „Unendlich" nicht erfassen werden und nicht erfassen können.

Wir leben in einer eigenen, sehr persönlichen Welt, die aber vielfältig mit den Welten aller verbunden ist. Wo ist in diesem Geflecht ein fester Punkt, mit dem man die gesamte Welt aus den Angeln heben (begreifen) kann? Unser Handeln hat diesen Punkt schon weit hinter sich gelassen, wir müssen ihn suchen, in uns suchen. In der nächsten Vorlesung werde ich mich mit unseren Modellen der Realität beschäftigen.

Nach dieser Vorlesung ist die Reaktion nicht so harsch, es kommen nur die Vorhaltungen, dass ich in der Vorlesung von Fakten rede, von denen ich nicht genügend Ahnung hätte. Das ist ja richtig und das habe ich selbst auch betont.

Ich bin einmal wieder in einer Zeit, die mir zu enteilen scheint. Es ist doch seltsam, wie verschieden das Zeitempfinden ist.

Auf die Vorbereitung der nächsten Vorlesung lege ich sehr viel Sorgfalt, ich will sie stark vereinfachen, ohne den Gehalt an Erkenntnis zu kurz kommen zu lassen. Zum Wochenende erwarten wir wieder Sohn und Schwiegertochter. Obwohl die beiden noch nicht verheiratet sind, betrachten wir Lotte als Bestandteil unserer Familie. Sie ist ein echter Gewinn, wir hätten uns keine bessere Schwiegertochter wünschen können.

Kurt berichtet mir von chaotischen Zuständen an der Universität. Immer mehr bestimmen rassistische Burschenschaftler den Alltag und bedrohen Lernwillige und vor allem Studenten mit fremdländischem Aussehen. Lotte hätte schon einige Male in sicheren Räumen Schutz suchen müssen. Sie würden es jetzt noch nicht einmal mehr wagen in Parks spazieren zu gehen und das, obwohl der Einsatz von Polizisten sehr ausgeweitet wurde. Meine Frau berichtet, dass die Staatsanwälte große Schwierigkeiten hätten rassistische Straftäter einer Anklage zuzuführen, da die Rassisten sich eine neue Strategie zugelegt hätten, sie begingen ihre Straftaten immer in einer Blase von Mittätern und hätten so immer „Zeugen“, wonach die Anschuldigungen gegenstandslos werden. Sie wäre für eine Ausweitung von Überwachung durch Kameras nach chinesischem Vorbild, wenn solche Geräte nur der Vereitelung von Straftaten dienten, was natürlich sichergestellt werden müsste. Nachdenklich meint Kurt: „Was ist das für eine Welt, in der man nur unter Beobachtung unbedroht leben kann? Ich hörte, in anderen europäischen Ländern ist es noch schlimmer. Wenn sich das nicht ändert, müssen wir überlegen, ob wir es verantworten können Kinder in diese Welt zu setzen,“ Lotte ergänzt: „So kann es nicht weiter gehen, es muss sich ändern. Es ist ja nur eine kleine Minderheit, mit denen muss die Mehrheit doch fertig werden. Ich glaube, wenn der Leidensdruck noch größer wird, wird man Lösungsmöglichkeiten finden.“ Ich gebe zu diesem Thema keinen Beitrag, und habe das Gefühl, sehr unsicher zu wirken.

Zu Anfang der Woche muss ich in meinem Institut sehr viel Internetkontakte abarbeiten. Neben der digitalen Korrespondenz gibt es immer noch viel Papierkram, der auch auf seine Erledigung wartet. denn es hat sich herausgestellt, dass Vorgänge, die nicht gleich erledigt werden können, in ausgedruckter Form einfacher auf die lange Bank geschoben werden. Eine Besprechung über wissenschaftliche Arbeiten findet später mit meinem Team am frühen Abend statt.

Als ich morgens zum Vorlesungsgebäude komme, stelle ich fest, dass die Fassade über Nacht mit Hassparolen verschmiert wurde. Unser Hausmeister ist schon dabei, die Wände abzuschrubben. Auf meinen Gruß hin äußert er sich nur, man solle das Pack zwingen die Schmierereien selbst zu entfernen. Dieser tägliche Kleinkram fällt sogleich von mir ab, als ich die Aula betrete. Ich blicke in die neugierigen Gesichter und beginne.

„In der heutigen Vorlesung möchte ich etwas über Erkenntnis erzählen. Es wird Sie sicher verwundern, wenn ich mit den einfachsten Grundlagen anfange. Das hat zwei Gründe, einmal baut sich alles Weitere darauf auf und zum anderen sind es oft die simplen Grundlagen und Anfänge, die man nicht im Auge behält.

Nun gleich eine Behauptung: Jede Information, die wir aufnehmen. hängt vom verwendeten Maßstab ab. Wenn das stimmt, lohnt es sich, mögliche Maßstäbe näher zu betrachten. Die einfachsten Maßstäbe sind aus der Erfahrungswelt abgeleitet und gesellschaftlichen Vereinbarungen unterworfen. So eine Strecke, die im Urmeter bewahrt wird, oder die Zeit, die von der Erdgeschwindigkeit ausgeht und später immer weiter präzisiert wurde, von der Schwingung eines Quarzes bis zur Schwingung von einem Atom. Die Temperatur wurde von dem Gefrierpunkt des Wassers abgeleitet, bis es der Wissenschaft gelang den absoluten Stillstand atomarer Bewegung als absolute Temperatur zu definieren. Beim Gewicht nahm man zu Anfang das Gewicht von Wasser im Volumen von 10x10 cm. Als man merkte, dass die Meereshöhe und der Luftdruck das Maß beeinflussen, kam man nach und nach auf den Begriff der trägen Masse. Ich will nun aber nicht

Maßstäbe aufzählen, aber alle beruhen auf gemeinschaftlichen Festlegungen. Sehr kompliziert wird es mit den Maßstäben, die unser Gehirn verwendet, um eingehende Signale einzuordnen, und ich gehe vorerst darüber hinweg. Ich erwähne nur in diesem Zusammenhang, dass wir, um uns auf komplexe Signale einzustellen, innere Modelle haben. Das sind Verflechtungen von vielen abgeglichenen Maßstäben. Diese inneren Modelle beruhen nicht auf vereinbarten Definitionen, sondern sie bilden sich im Heranwachsen in der Auseinandersetzung mit der Umwelt, sind also in verschiedenen Individuen nicht genau einheitlich, und sie unterliegen auch im Laufe des Lebens Korrekturen. Bei der Kommunikation kommt erschwerend noch ein anderer Gesichtspunk hinzu, der immer mehr Bedeutung gewonnen hat, es ist der Begriff „Wahrheit". Nicht jede Information muss diesem Begriff entsprechen. So kommen noch im zwischenmenschlichen Bereich zivilisatorische Maßstäbe wie „Glaube" hinzu. Ich möchte **dabei *nun*** nicht aus dem Auge verlieren, dass jeder Empfang eines Signals einem Maßstab unterliegt. Grundsätzlich gibt es aber eine Realität, die jenseits der Feststellungen existiert. Signale von dieser Realität nehmen wir nur auf, indem wir sie messen, und das, was wir dann speichern, ist das, was uns unsere Maßstäbe liefern. Das wird oft nicht verstanden und ist auch nicht naheliegend, wenn man bedenkt, mit welcher Selbstverständlichkeit unser Gehirn laufend unzählige Signale aufnimmt, bewertet und verarbeitet. Die Verarbeitung findet in vielen Arealen statt, in unzähligen Schaltkreisen gleichzeitig.

Man versuchte die Verarbeitung im Gehirn nachzuvollziehen, indem man elektrische Impulse und auch den örtlichen Energieverbrauch beobachtete, aber die Vorgänge im Gehirn sind zu komplex. Das brachte mich auf die Idee mit großflächigen Störsignalen die Verarbeitung in einem Gehirn umzuleiten und zu schauen, welche Effekte daraus resultieren. Die Verfeinerung unserer Störsignale brachte es dann so weit, dass wir Prozesse im Gehirn umleiten und gezielt Bereiche für einige Zeit von der Verarbeitung ausschließen konnten, ohne dem Gehirn zu schaden. Nun hatten wir ein Instrument, um während einer Operation das Schmerzempfinden für eine Zeit auszuschalten. Leider bietet diese Technik auch die Möglichkeit, Gehirne für andere Zwecke zu manipulieren, was mir große Sorgen bereitet. Ich danke für Ihre Aufmerksamkeit."

Mit dieser Vorlesung war ich nicht zufrieden, denn die Angst zu trivial zu werden hatte mich verleitet, über grundsätzliche Dinge zu schnell hinweg zu gehen. Dabei ist es so wichtig zu realisieren, dass jede, noch so kleine Information eine persönliche Komponente trägt und in zwei verschiedenen Individuen auch unterschiedlich aufgenommen werden kann, das heißt, dass es genau genommen keine objektive Wahrheit geben kann. In der kommenden Woche werde ich viel reisen müssen, ich bin zu einigen Vorträgen eingeladen. Eine Einladung kommt aus Berlin. Ich habe schon die Kinder angerufen, dass ich sie besuchen werde.

Gespräche mit Kollegen bei unseren regelmäßigen Treffen haben mich nachdenklich gemacht. Wir sprachen über das Panik-Schutzgesetz. Ich hatte angenommen, dieses Gesetz soll vor Extremisten mit ihren alternativen Wahrheiten schützen, nun höre ich von Kollegen einheitlich, dieses Gesetz solle verhindern, dass unbequeme Wahrheiten über den Zustand unserer Erde die Bevölkerung beunruhigt. Habe ich mich auch einlullen lassen? Ich sorge mich um negative Auswirkungen meiner Strahlen und unsere ganze Erde ist todkrank. Menschen drängen aus unbewohnbaren Gebieten in Länder, die noch nicht so stark von Umweltzerstörung betroffen sind, und tragen zur Zerstörung noch nicht so stark betroffener Gebiete bei. Viele Tier- und Pflanzenarten sind schon ausgestorben, Trinkwasser ist eine knappe Ressource geworden, Nahrung muss künstlich erzeugt werden und reicht nicht für alle. Selbst die Weltmeere sind stellenweise so stark von Verunreinigungen betroffen, dass dort kein Fisch überleben kann. Zerstörerische Wetterphänomene setzen der Umwelt außerdem zu. Das alles weiß ich, aber wann habe ich in der vergangenen Zeit einmal daran gedacht? Wir verdrängen und unser Leben geht weiter, so als könnten wir den Zuständen im Land und dem wachsenden Hass auf andere Leidtragende ausweichen. Wir beklagen die Umstände, aber ignorieren sie aus Hilfslosigkeit und vertrauen einem Kampf gegen diese Entwicklung, den wenige bewusst führen und der immer aussichtsloser wird. Nach diesen Gesprächen kann ich nicht einschlafen, ich bin ratlos und der Gedanke an meinen Sohn und seine Frau liegt mit Angst wie ein Stein auf meiner Brust. Wir freuen uns ja auf Enkel, ist das noch vernünftig?

Langsam versinke ich in Halbschlaf, dann schrecke ich hoch und weiß plötzlich, was meine Träume von einer Gefängniszelle bedeuteten.

Die Zelle ist meine Ignoranz, meine Konzentration auf die Arbeit und meine Familie, dass ich alles andere, was zum Leben gehört und was die Grundlage unserer Existenz ist, ausgeklammert habe.

Ich weiß nun, so kann ich meine geplanten Vorlesungen nicht halten. Manipulation durch Hypnosestrahlen kann nur als Einleitung dienen, der Hauptteil muss in dem Kampf gegen das Panik-Gesetz liegen und dem damit verbundenen Versuch, das Bewusstsein der Bevölkerung einzuschläfern und unmündig der Entwicklung auszuliefern, statt grundlegende Strukturen der Gesellschaft zu ändern. Der Hauptbremsklotz für eine Gesundung der Natur ist die Besitzstandswahrung. Die Natur kennt kein Eigentum, Besitz grenzt aus und mit Aneignung ist Ausbeutung verbunden. Was man auch unternimmt, 10 Milliarden Menschen können nur für und nicht gegen die Natur leben. Wahrscheinlich verstoße ich mit so extremen Aussagen gegen Gesetz und Ordnung. Ich bin gespannt, was meine Frau von solchen Gedanken hält, als Richterin sollte das Gesetz ihr höchstes Gut sein, aber sie wird auch wissen, dass bisher alle Maßnahmen die Erde zu gesunden vergeblich waren. Der größte Erfolg im Kampf gegen die Klimakatastrophe bestand darin die Energieerzeugung auf regenerative Energien umzustellen. Hat das die Katastrophe merklich aufhalten können? Die Zerstörung der Natur schreitet weiter fort. Es war nur ein Baustein, die Umgestaltung der Menschheit muss sehr viel weiter gehen, sonst sehe ich keine Rettung.

Bei der Morgentoilette im Bad bin ich fast euphorisch, in der Küche rumort meine Frau, aber leider hat sie keine Zeit mehr und ist schon im Aufbruch, ich bin spät dran und muss allein frühstücken. Ins Institut gehe ich heute nicht, sondern setze mich gleich an den PC und überarbeite meine Vortragsvorlage. Abends haben wir Gäste, Freunde meiner Frau und ich kann noch nicht mit ihr über meine Erkenntnisse in der Traumdeutung und den daraus folgenden Einsichten sprechen. Bis zum Antritt meiner Reise für meine Vorträge kommt es dann auch nicht mehr zu einem längeren Gespräch, leider, es wäre wohl besser gewesen.

In Heidelberg schlendere ich vom Bahnhof erst einmal durch die Innenstadt und begebe mich dann zu dem gebuchten Hotel.

Abends im großen Vortragssaal herrscht eine etwas ungewohnte Stimmung. Ich erkläre mir das damit, dass es ein öffentlicher Vortrag ist, die Zuhörer sind eben nicht meine Studenten. Ich beginne mit der Anwendung der Hypnosestrahlen in der Medizin und den Vorteilen gegenüber bisherigen Narkotika bei Operationen. Dann warne ich davor, diese Methode zur Manipulation von Menschen zu verwenden, denn das hätte schlimmere Auswirkungen als Rauschgifte. Da bricht unter den Zuhörern Unruhe aus und es gibt Zwischenrufe. Ich versuche als Beispiel die Haushälterin in Norwegen anzuführen, komme mit dieser Erzählung aber nicht zu Ende. Denn ein etwas älterer Mann steht dicht vor dem Podium und brüllt mit hochrotem Kopf: ‚Was kann man dagegen sagen, wenn die Schwere der Arbeit kein Leid mehr erzeugt! Haben Sie schon einmal vor einem Hochofen gestanden oder bei 50 Grad in der Sonne Straßen geteert?‘ “ Ich merke, da ist die Lobby derer, die an dieser Technik verdienen, am Werk. Ich versuche weiterzureden, aber es dauert eine Zeit, bis meine Stimme durch den Lärm dringt. Ich rufe: „Solche Anwendungen sind ein Vergehen gegen die Natur. Viele ähnliche Handlungen, die erst von Vorteil schienen, haben uns zu dem Zustand unserer Erde gebracht, in dem sie sich heute befindet. Wir müssen aufhören uns gegen die Natur zu stellen, wir gehören dazu und schädigen uns selbst. Das Grundübel sind Eigennutz und Besitzdenken, damit ist Ausbeutung der Natur verbunden und wir entziehen uns damit die Existenzgrundlage."

Der letzte Teil dieser Rede dringt wohl nicht mehr durch, denn es erhebt sich Gebrüll. „Die wollen uns das Letzte noch wegnehmen und es den Fremden in den Hintern stecken." So ähnliche Satzfetzen kann ich heraushören und es werden Fäuste gegen das Rednerpult geschüttelt. Zwei Männer drängen mich zu der Tür und auf den Gang hinter der Bühne. In diesem Flur kommt mir ein vollleibiger, freundlicher Mann entgegen und meint lächelnd: „Da haben Sie einen schönen Aufstand angezettelt." Dann wird er ernst und fährt fort: „Ist Ihnen klar, dass Sie gegen das Panikgesetz verstoßen haben? Ich lasse es erst einmal bei einer Verwarnung, aber wenn sie so weiter machen, kann es teuer werden." Zurück zum Hotel gehe ich wie im Traum und auch noch allein in dem Zimmer kann ich meine verwirrten Gedanken nicht in ruhigere Bahnen bringen.

Mein nächster Vortrag soll in Mainz stattfinden, ich mag noch nicht daran denken. Als ich mich gesammelt habe, rufe ich meine Frau an und beichte ihr, wie kläglich dieser Vortrag verlaufen ist. Sie meint, ich solle diese

Vortragsreihe vielleicht abbrechen, aber so weit bin ich nicht, das in Betracht zu ziehen.

In Mainz ist man durch Journalistenberichte schon vorgewarnt und der Veranstalter legt mir nah, Umweltprobleme doch besser auszulassen, das wären Probleme für Klimaforscher und Politiker, die das besser einschätzen könnten. Ich frage, ob er damit zum Ausdruck bringen wolle, dass ich inkompetent sei, und er entgegnet etwas eingeschnappt: „Natürlich nicht, ich möchte nur keinen Skandal.“ Als der Abend kommt, ist der Saal überlaufen und viele Besucher finden keinen Platz im Inneren des Gebäudes.

Nach der Begrüßungsformel sage ich: „Ich bin angetreten, um vor dem Missbrauch der von mir entwickelten Hypnosestrahlen zu warnen, aber dann zur Überzeugung gelangt, dass dieses Problem nicht separiert betrachtet werden dürfte, denn die Auswirkungen menschlichen Tuns hätten wir doch täglich vor Augen. Die Hoffnung, dass die Kohlenstoffbilanz alle Umweltprobleme lösen werde, haben sich nicht erfüllt. Die Probleme vergrößern sich in einem beängstigenden Tempo. Es gibt nur eine einzige Chance: Die gesellschaftlichen Verhältnisse müssen von Grund auf verändert werden. Die Eigentumsverteilung ist auf die Ausbeutung der

Natur angelegt und kann so nicht beibehalten werden.“ Bis dahin war es im Auditorium ruhig geblieben, aber nun kommen von hinten Randalierer nach vorn und skandieren Hassparolen. Von hinten tritt ein Polizeibeamter an mich heran, legt seine Hand auf meine Schulter und sagt: „Kommen Sie, es wird gefährlich.“ Er geleitet mich zu einem wartenden Polizeiwagen und wir fahren zu der Polizeiwache. Dort nimmt man meine Personalien auf und meine Hoteladresse, dann bekomme ich den Bescheid, ich solle Mainz nicht verlassen, bevor ich wegen eines Verstoßes gegen das Panikgesetz von einem Richter vernommen worden wäre. Danach kann ich gehen.

Im dichten Menschengewühl in der Straße auf dem Weg zu meinem Hotel habe ich das gleiche Gefühl wie in meinem Traum von der Gefängniszelle. Alle Personen sind so gleichgültig, so als wäre alles in seiner Ordnung. Meine Hoffnung, die Menschheit könnte tatkräftig das Gleichgewicht mit der Natur herstellen, schwindet immer mehr. Neben mir ragen die Bauwerke vielgeschossig in die Höhe, unter mir die versiegelte Erde und ich bin eingekeilt in die Menge eilender Menschen.

Erst das Telefongespräch mit meiner Frau bringt Entspannung und Vernunft zurück.

Wir kommen überein, restliche Vorträge, bis auf einen in Berlin, erst einmal abzusagen und gründlich alle weiteren Aktionen gemeinsam zu planen.

Nun muss ich noch einige Tage in Mainz ausharren. Ich versuche die Stadt zu erkunden, fühle mich aber zwischen den vielen Menschen in den Straßen unwohl und etwas deplatziert, besuche Museen und gehe sogar in ein Kino. Am dritten Tag bekomme ich einen Anruf, ich wäre ohne Anhörung wegen eines Verstoßes gegen das Panikgesetz zu eintausend Euro Geldstrafe verurteilt. Ich könne Berufung einlegen. Meine Aufenthaltsbeschränkung wäre aufgehoben. Ich habe keine Lust, wegen eines Einspruchs noch länger in dieser Stadt zu bleiben, und breche auf, um mit der Bahn nach Berlin zu fahren. Der Zug ist überfüllt, ich habe aber einen reservierten Sitzplatz. Eingemauert von Menschen, die fast unentwegt auf ihre digitalen Geräte starren, wird mir die Zugfahrt ziemlich lang. In meinem Gepäck, über mir auf der Ablage, habe ich Stoff zum Lesen, aber so eingekeilt, vor den Sitzplätzen stehen noch Reisende, möchte ich weder lesen noch mein Gepäck herunterholen und öffnen. In Berlin verlassen dann viele Reisende den Zug, und nachdem ich etwas gewartet habe, kann ich unbehindert aussteigen. Auf dem Bahnsteig erwarten mich Kurt und Lotte. Zusammen drängen wir uns in die S-Bahn und fahren nach Marzahn, wo sie ihre kleine Wohnung haben. Kurt hat schon ein Hotelzimmer ganz in der Nähe ihrer Wohnung gebucht und dorthin bringen wir mein Gepäck und begeben uns dann gleich zu ihrer kleinen Zweizimmerwohnung. Lotte hat Essen vorbereitet und den Tisch festlich gedeckt. Schon beim Essen berichte ich von meinen Misserfolgen. Da Lotte Politik studiert und auch Kurt als Nebenfach Politik belegt hat, können sie mir gut Einführungen in die momentanen Verhältnisse und Bestrebungen in der Bundesregierung geben. Dann sprechen wir eingehend über die Klimapolitik und welche Bestrebungen im Parlament miteinander konkurrieren. Beide finden allerdings meine Einstellung, dass nur die Abschaffung von Eigentum die Erde auf lange Sicht stabilisieren könne, zu extrem. Sie meinen, mit größerem Wissen und Einsicht könne man auch die sozialen Verhältnisse und so gleichzeitig die Natur stabilisieren. Gefährlich wären nur die autoritären Kräfte, die mit ihren einfachen und menschenverachtenden Lösungen eine gute

Politik so schwierig machen. „Ich weiß selbst, dass eine besitzlose Gesellschaft nicht realistisch ist“, sage ich, „aber wenn jeder einzelne zusammenrafft, was ihm möglich ist, geht das nur auf Kosten der Gesamtheit, des Bodens, auf dem wir leben, des Wassers und der Luft, die wir zum Leben benötigen, und der Vielfalt alles Lebendigen, seien es Pflanzen, Tiere oder Mikroben. Wir bilden eine Einheit, auch wenn das mystisch scheint. Ich habe nie verheimlicht, dass ich Agnostiker und Realist bin, aber mir scheint, dass nur eine neue Religion, der die Natur heilig ist, eine Wende hervorrufen kann. Das Wort der Bibel: ‘Macht euch die Erde untertan‘, ist eine der Ursachen, an der wir leiden.“

Diese ernsten Erörterungen, in denen auch Aussichtslosigkeit mitschwingt, haben ein wenig die Wiedersehensfreude getrübt. Durch meine Schilderungen der Ereignisse der letzten Tage habe ich diese Stimmung wohl provoziert. Wir trinken dann zusammen noch ein Glas Wein und ich begebe mich, von beiden noch ein Stück begleitet, zum Hotel. Im Bett überlege ich noch lange, wie ich meinen Vortrag umstellen kann, und schlafe darüber ein. Gleich am Morgen, ich bin sehr früh wach, gehe ich noch vor dem Frühstück ans Werk. Doch je mehr ich das alte

Konzept lese, merke ich, da ist es nicht mit Änderungen getan. Sinnend über dem, was ich in Mainz und Heidelberg teilweise vorgetragen habe und mit dem ich in beiden Fällen nicht bis zum Ende kam, wurde in mir die Überzeugung geweckt: Ich habe mich damit verstiegen, ich habe mich von Emotionen leiten lassen. Das ist nicht wissenschaftlich fundiert. Bei den Einlassungen über den Missbrauch von Manipulationen an menschlichen Gehirnen ist es ein echtes Anliegen, da ist mein Text noch überzeugend. Angeregt durch dieses Panikgesetz, das ich als Maulkorb empfinde, sind meine Argumente zur herrschenden Umweltkatastrophe nicht mehr zwingend. Zum einem bin ich kein Missionar, der Menschen auf der Gefühlsebene packen kann, und zum anderen bin ich mir selbst nicht sicher in meinen Überzeugungen. Ich kann reinen Glaubens nicht akzeptieren, ich muss hinterfragen. Das gestrige Gespräch mit den beiden hat mit wohl auch etwas die Augen geöffnet. Wer sollte eine Welt schaffen, in der alle Menschen gleich und besitzlos sind, wo gesunde Wälder die Erde bedecken, die Flüsse dem Meer in weiten Schleifen entgegen mäandern durch weite Feuchtgebiete, das Tierleben sich artenreich entfaltet, das Meer sauber und voller Fische und die Wohngebiete im Einklang mit der Natur sind. Wo zehn Milliarden Menschen für die Natur keine Belastung sind. Man kann unzählige Störfaktoren für dieses Paradies aufzeigen, das ist einfach, aber in müheseliger Kleinarbeit so etwas wie einen Ausgleich zu finden, um die schlimmsten Entwicklungen einzudämmen, das können nur Politiker in Zusammenarbeit mit allen Fachwissenschaftlern versuchen. Auch die werden an der Größe der Aufgaben scheitern, das ist abzusehen, sie werden es aber immer wieder aufs Neue versuchen müssen, bis sich vielleicht neue Möglichkeiten ergeben.

Ich bin so sehr in Gedanken vertieft, dass ich das Frühstück vergessen habe und aufschrecke, als es an meiner Tür pocht. Die Kinder sind schon gekommen, um mich zum Mittagessen abzuholen. Wir verbringen dann den ganzen Rest des Tages zusammen, die Kinder führen mich durch Berlin und zeigten mir alles, was sie für sehenswert erachteten. Abends bin ich dann ziemlich geschafft, wir bleiben aber zusammen bis weit in die Nacht, reden und scherzen. Ich bin lange nicht so glücklich und gelöst gewesen, bedauere nur, dass meine Frau nicht dabei sein kann

Bis zu meinem Vortrag habe ich noch zwei Tage Zeit und ich beschränke mein Manuskript auf die Beschädigung der Menschenwürde durch Manipulationen der Persönlichkeit.

Weitere Bücher von Karl-Heinz Haselmeyer

Besuchen Sie meine Homepage **karl-heinz-haselmeyer.eu**

Von Karl-Heinz Haselmeyer sind bisher bei Amazon erschienen:

Elitefrauen

Der Roman befasst sich mit dem Phänomen der Zeit verpackt in eine spannende Geschichte. Ein Team von Astronautinnen bricht zu einer Reise ins Universum auf, bei der laut Plan erst die nächste Generation die Erde wieder erreichen kann. Unerklärliche Zeitphänomene ändern alle Reisepläne. Als das ursprüngliche Frauenteam, kaum gealtert, wieder zur Erde zurückkehrt, sind Jahrhunderte vergangen und die Menschheit befindet sich durch technische Verselbstständigung im Niedergang. Durch den Einsatz der Frauen können die Gefahren, die der Menschheit drohen, abgewendet werden.

Das Fenster zur Evolution

Abenteuer in einer unberührten Natur. Nach einer Umweltkatastrophe existieren die Überlebenden in isolierten Städten und werden kybernetisch mental reguliert. Die Umwelt ist für Menschen tabu. Zur Vorbereitung einer Raumfahrt wird eine Versuchsperson ungeregelt in die Tabuzone gesandt, macht Erfahrungen mit der für ihn neuen Selbstständigkeit und erlebt die von Menschen verschonte Natur. Er muss sich mit wilden Tieren und den Naturgewalten auseinandersetzen und lernt andere Lebensformen sowie Affen kennen, dich sich unabhängig von den Menschen weiterentwickelt haben.

Uropageschichten

Der Urgroßvater erzählt seinen Enkeln von seiner Kindheit und Jugend in der Kriegs- und Nachkriegszeit in Göttingen. Ein warmherziges Jugendbuch, das auch für Erwachsene interessant ist.

Symbiose

In der Gesellschaft nimmt die Tendenz zur Selbstoptimierung zu. Was hat das für Auswirkungen auf die Persönlichkeit und die menschlichen Beziehungen, wenn ein Mensch durch die Symbiose mit technischen Objekten eine enorme Gedächtniskapazität und eine hervorragende Denkfähigkeit bekommt? In diesem Science Fiction setzt sich Karl-Heinz Haselmeyer kritisch mit den wachsenden Möglichkeiten der Medizin auseinander.

Terroristen

Was wäre, wenn es einer Terrororganistion gelänge, die Herrschaft über den Erdball zu erringen? Könnte man dann dem Ideal der Gewaltlosigkeit treu bleiben oder wäre es nicht Pflicht, sich mit allen Mitteln zu wehren?

Ein junger Gotteskrieger bereist die Erde auf der Suche nach Naturschönheiten und kommt dabei mit den unterdrückten Menschen in Berührung. Er verliebt sich in eine Wildhüterin im Yellowstone Park. Als er erfährt, dass der Beherrscher der Erde eine vernichtende Eruption im Park auslösen und damit wohl alle Bewohner des gesamten Kontinents vernichten will, kämpft er gemeinsam mit den Bewohnern für ihre Rettung auch um den Preis der eigenen Vernichtung.

Der verbotene Planet

Expeditionen zu einem erdähnlichen Planeten scheiterten unter seltsamen Umständen und endeten in einer Katastrophe. Der Planet wurde unter Quarantäne gestellt und jegliche Landung verboten. Die Besatzung eines havarierten Raumschiffes muss auf diesem Planeten notlanden. Die Überlebenden werden von einem Raumkreuzer gerettet. Das Rettungsraumschiff gerät anschließend insbesondere durch eine mysteriöse Krankheit in Schwierigkeiten. Unter großen Verlusten kann das Geheimnis des verbotenen Planeten geklärt werden.

Interaktiv

Ein Fachmann der „Künstlichen Intelligenz" schildert den Versuch, der Leistung des menschlichen Gehirns nahe zu kommen, und erzählt von den damit verbundenen Problemen. Im Zwiegespräch mit der geschaffenen Apparatur werden wissenschaftliche Themen aus der Teilchenphysik und der Kosmologie sowie zivilisatorische Entwicklungen angesprochen. In kurzer Zeit ist der Rechner seinen Schöpfern überlegen, kann von ihnen nicht mehr kontrolliert werden und geht eigene Wege, was seinen Betreuer in große Schwierigkeiten bringt.

Eisige Höhen

Bei einer unheimlichen Begegnung wird ein normaler Bürger durch Drogen aus seinem einfachen Leben gerissen. Er wird ein gefühlloser Karrierist, dem ein schneller Aufstieg in der politischen Gesellschaft vorgezeichnet ist. Zu spät merkt er, dass er ein machtloses Werkzeug in den Händen einer Verschwörung ist. Vorsichtig versucht er sich daraus zu befreien. Als die Verschwörung aufgedeckt wird, gilt er zunächst als Hauptverdächtiger, wird aber teilweise rehabilitiert. Was bleibt, sind Scham und Sehnsucht nach seinem einfachen Leben.

Homunkulus

Die alte Geschichte des synthetischen Menschen wird unter modernen Aspekten aufbereitet. Im Vordergrund stehen die Fragen: Was ist Leben und wie ist ein Bewusstsein mit der Erkenntnis und der Intelligenz verknüpft, aber auch, welchen Platz haben Gefühle in diesem Zusammenhang? Fragen, die sich bei weiterem Fortschritt der IT-Forschung wohl einmal stellen könnten. Das geschaffene technische Wesen ist nach kurzer Entwicklungszeit seinen Schöpfern intellektuell überlegen und entgegen allen Erwartungen entsteht eine wechselseitige enge gefühlsmäßige Bindung.

Genderfrei

Nur wenige Menschen konnten einer irdischen Katastrophe entfliehen und leben in einer Höhle hundert Meter unter der Mondoberfläche. Sie suchen einen Neuanfang, ohne in die verhängnisvollen Fehler der Vergangenheit zurückzufallen, die fast zur Vernichtung der Menschheit geführt hatten. Da Sprache das Bewusstsein formt, sollen alle Diskriminierungen im Sprachgebrauch abgeschafft werden. In genderfreier

Sprache werden die Nöte und Zwänge der Überlebenden geschildert, denen nur ein Ausweg bleibt, sie müssen versuchen die zerstörte Erde neu zu besiedeln.

Habilitation

In Form einer wissenschaftlichen Habilitationsarbeit wird geschildert, wie nach einer Klimakatastrophe die Manipulationen an der Keimbahn von Menschen mit dem Ziel einer höheren Hitzetoleranz zu einer neuen Spezies führten. Die gezüchteten Thermophilen vermehrten sich stark und es entstanden Probleme des Zusammenlebens. Nach Versuchen, die Venusatmosphäre zu reinigen und die Temperatur dort zu senken, wurden die Thermophilen ausgesiedelt.

Kontakt

Auf der Suche nach außerirdischem Leben stoßen Wissenschaftler auf Signale, die sich von natürlichen abgrenzen lassen. Versuche, diese Signale zu entschlüsseln, scheitern. Ähnlichkeiten mit dem genetischen Code bringen Forscher dazu, die Signale biochemisch in Materie zu überführen. Diese Versuche münden in eine Katastrophe und müssen gewaltsam beendet werden.

Thomas

Die Innen- und Außenwelt eines kritischen Realisten wird gespiegelt in einem Zeitraum von achtzig Jahren. Das Symbol der geistigen Auseinandersetzung ist der „ungläubige Thomas“. Zeitgeschehen, Geschichte und Reflexionen wechseln in bunter Folge. Eine sehr persönliche Geschichte.

Bildet Sprache Bewusstsein?

Die künstliche Nachbildung eines neuronalen Cortex ist ein Quantensprung in der digitalen Datenverarbeitung. Damit taucht die Frage auf: kann sich in einem elektronischen Schaltkreis Bewusstsein entwickeln? Eine Arbeitsgruppe in dem Forschungszentrum geht dieser Frage nach. Der Satz: Sprache prägt das Bewusstsein erweist sich als eine falsche Fährte.

Geschenkte Gedanken

Ein Studium an einer Eliteuniversität in den USA und ein Großvater, der die weltanschaulichen Gespräche mit seinem Enkel vermisst und ihm seine Gedanken per E-Mail weiterhin mitteilt. Der Student aus Deutschland findet die Frau seines Lebens und einen guten Freund, aber mit seinem Großvater bleibt er auch in der Ferne eng verbunden.

Gier

Ein von Gier getriebener erfolgreicher Geschäftsmann schildert auf dem Krankenbett seinen Aufstieg und seinen selbstverschuldeten Absturz. Selbst seine schlimmen Erfahrungen können nicht verhindern, dass er später wieder den Verlockungen der Gier erliegt.

Herstellung und Verlag: BoD – Books on Demand, Norderstedt
ISBN: 9783756228188